RAPPORT

DE M. DE CHALLEMAISON,

GÉRANT DE LA COMPAGNIE D'EXPLOITATION ET DE COLONISATION

DES LANDES DE BORDEAUX,

A L'ASSEMBLÉE GÉNÉRALE DES ACTIONNAIRES,

Du 11 Novembre 1856.

PARIS

IMPRIMERIE ET LITHOGRAPHIE DE MAULDE ET RENOU
RUE DE RIVOLI, N° 144.

1856

RAPPORT

DE M. DE CHALLEMAISON,

GÉRANT DE LA COMPAGNIE D'EXPLOITATION ET DE COLONISATION

DES LANDES DE BORDEAUX,

A L'ASSEMBLÉE GÉNÉRALE DES ACTIONNAIRES,

Du 11 Novembre 1856.

————————<><>————————

MESSIEURS,

Ayant appris par les journaux qu'une Assemblée générale des actionnaires a été convoquée, je profite de cette circonstance pour vous adresser le rapport que vous annonçait la note distribuée à votre Assemblée extraordinaire du 5 mai dernier, où, comme cette fois, votre Gérant seul n'avait pas été convoqué.

Déjà, le 28 janvier, dans un premier rapport, adressé au Conseil de surveillance, je crus imposer silence à mes détracteurs en faisant justice des griefs articulés contre moi. Mais j'eus le tort d'avoir trop raison devant des esprits prévenus, car, au lieu de détourner l'orage, je le fis éclater immédiatement sur ma tête.

En effet, les membres du Conseil de surveillance, après la réception de ce rapport, se réunirent pour décider que les Délégués se rendraient inopinément à Pontens afin d'y surprendre le Gérant ; et, le 21 février, sans avoir donné le moindre avis de leur visite, MM. Richard et Desportes arrivaient au domicile social, en mon absence, et s'y installaient en maîtres.

Le 30 janvier, d'après l'avis de M. Sénard, notre avocat, je m'étais mis en route pour Mézières, traversant toute la France à l'effet de préparer un résultat favorable à l'expertise ordonnée par la Cour Impériale de Paris dans le procès soutenu par la Compagnie contre M. Karr. Parti avec la fièvre, je fus forcé de m'aliter quelques jours à Saint-Quentin. A mon retour, je dus séjourner près de deux semaines à Chalons, dans ma famille, pour m'y rétablir, et aussi pour donner quelques soins à la tutelle de mes enfants, qui se trouvent compris pour un tiers dans un héritage d'environ 1,500,000 fr., de leur ayeul maternel.

On m'a incriminé sur cette absence d'un mois, que m'avait commandée, en première ligne, l'intérêt de la Compagnie. Mes prédécesseurs passaient assez volontiers une partie de leur temps à Paris ou à Versailles; moi, au contraire, je ne me suis jamais éloigné du siège social que pour satisfaire à mes obligations de Gérant.

Les Délégués ne me rencontrant pas à Pontens, et se trouvant, dès lors, libres de leurs mouvements, firent ce qu'avaient fait leurs prédécesseurs ; ils provoquèrent contre moi, selon l'usage établi dans la Compagnie des Landes, les délations de mes subordonnés et de tous les gens de mauvaise intention. Eux-mêmes se répandirent en méchants propos, notamment à la forge, ainsi qu'il résulte des lettres qui me furent adressées pendant leur séjour.

Voici en quels termes ils s'expriment à la page 30 de leur rapport du 14 avril dernier :

« Cette absence de Pontens eut pour nous l'avantage que les renseignements nous arrivèrent de tous côtés, et quels renseignements! (Dans les Landes on trouvera toujours des hommes disposés à souffler le feu pour faire naître des complications au sein de la Compagnie. Avec moins d'inexpérience les Délégués l'eussent compris.) L'UN nous disait: « Arrivez-donc ! encore quelques « jours et votre Société sera à tout jamais ruinée. » L'AUTRE : « On vient de « vous faire un marché incroyable pour la location de vos ateliers résineux. » (Il faut savoir qu'il n'y a jamais eu qu'un seul atelier et qu'il a été très-avantageusement loué.) Un TROISIÈME : « Vous avez eu pendant le mois de janvier « pour 15,000 fr. de billets protestés. » (J'ai éteint la dette chirographaire créée par mon prédécesseur, et je n'ai JAMAIS fait DE BILLETS.) Le maître de forge se plaignait d'avoir été trompé, que les engagements pris par le Gérant n'étaient pas remplis, qu'il était obligé de recourir à l'huissier. (C'est-à-dire qu'il réclamait vainement de moi des concessions ou des modifications dans les clauses de son bail.) Enfin, dans TOUTE la Lande, c'était un tolle GÉNÉRAL, même de la part de gens qui, primitivement, avaient devant nous défendu M. de Challemaison. »

C'est sur des renseignements pris à la hâte, sans examen ni contrôle, que les Délégués, après trente-six heures de séjour à Pontens, déclarent qu'ils ont constaté contre moi un tolle GÉNÉRAL dans TOUTE LA LANDE, ne s'apercevant pas qu'ils outragent ainsi la vraisemblance autant que la vérité. Le 26 février, MM. Richard et Desportes épanchaient au sein du Conseil de surveillance ces dénonciations anonymes, et, quatre jours plus tard, les hommes que vous aviez appelés, Messieurs, à sauvegarder votre fortune, me jugeant et me condamnant à huis clos, sans se demander si je pouvais avoir quelque chose à alléguer pour ma défense, me signifiaient que j'avais cessé d'être votre Gérant. Ils ont ainsi précipité la Société dans l'abîme où elle se débat sans espoir, car s'ils ont pu provoquer sa ruine ils sont impuissants à la conjurer.

MM. Richard et Desportes ont terminé leur rapport en fulminant contre moi un acte d'accusation en dix articles, Quand j'aurai pris un à un ces articles il n'en restera rien, car je répondrai, en parfaite connaissance de cause, à des griefs enfantés par l'ignorance des faits, ou par une résolution bien arrêtée de recourir à tous les moyens pour porter atteinte à ma considération, pour discréditer mes actes, et pour vous amener, Messieurs, à me retirer votre confiance. Cette machination n'a que trop bien réussi, pour votre malheur.

Afin de procéder par ordre, et après vous avoir prié de vous reporter à mon rapport du 28 janvier, où vous trouverez des explications très-étendues et très-topiques sur la plupart des faits incriminés, je dois commencer par reproduire la lettre que m'adressa M. le Président pour me signifier mon congé. Je la ferai suivre d'une double réponse.

« Paris, le 1er mars 1856.

« Monsieur, le 2 avril dernier, vous avez donné votre démission des fonc-
« tions de Gérant provisoire de la Société des Landes de Bordeaux, et, par
« déclaration séparée, vous m'avez autorisé à user de cette démission, si, de
« concert avec deux de MM. les Commissaires délégués, je jugeais qu'il y eût
« lieu de le faire.

« Vous vous êtes même obligé, d'honneur, à ne pas revenir sur cette dé-
« mission.

« Je vous préviens qu'après m'être concerté avec MM. les Délégués, nous
« avons reconnu qu'il était devenu nécessaire d'user de la démission que vous
« m'avez déposée, et qu'en conséquence vos fonctions de Gérant ont cessé à
« compter d'aujourd'hui.

« Vous ne serez pas surpris que le Conseil de surveillance, qui connaît notre
« décision et l'approuve, prenne les mesures nécessaires pour pourvoir à l'ad-
« ministration de la Société.

« MM. les Délégués arrivent à l'instant de Pontens. Ils sont aussi affligés
« qu'indignés de tout ce qu'ils ont vu, comme de l'abominable désordre qui
« règne dans toutes les parties. (Les parties de quoi?)

« Le Conseil de surveillance n'a pu s'expliquer non plus votre absence aussi
« prolongée, sans en avoir prévenu personne, et votre passage par Paris, sans
« vous être rendu à mes pressantes invitations. .

« Il s'est aussi étonné de l'oubli des promesses les plus formelles, par les-
« quelles vous vous engagiez à ne rien faire sans consulter MM. les Délé-
« gués.

« C'est à cette condition seulement que l'Assemblée générale vous avait
« accordé la prolongation que vous désiriez.

« Un dernier mot, Monsieur. J'en appelle à votre honneur, auquel je veux
« croire, comme aussi aux promesses solennelles que vous m'avez faites con-
« stamment. ARRIVEZ SUR-LE-CHAMP, et en vous SOUMETTANT comme il est
« de votre devoir et de votre intérêt de le faire, laissez à celui dont vous avez
« méconnu les intentions la possibilité de tout faire pour conserver au père de
« vos enfants ce qui est cent fois plus précieux que la vie : l'honneur. »

Voici ma réponse :

« Forges de Pontens, le 3 mars 1856.

« Monsieur le duc,

« Je reçois à l'instant votre lettre qui m'avise que vous avez usé du projet
« de démission que, dans votre intérêt, je vous avais déposé, et, dès lors,
« que mes fonctions de gérant ont cessé depuis le 1er mars.

« Je ne vous reconnais pas le droit de me congédier comme un commis.

« Vous savez aussi bien que moi que le projet de démission dont vous vou-
« lez vous servir, est sans valeur. D'ailleurs, dans mon rapport du 28 janvier,
« je vous ai manifesté ma volonté de considérer cette démission comme nulle.
« L'usage qu'on en ferait aujourd'hui serait un abus.

« En conséquence, je vais donner au conseil que je me suis choisi, les in-
« structions et les pouvoirs nécessaires pour soumettre aux tribunaux la
« validité de la révocation contenue dans votre lettre.

« Je saisirai en même temps la justice de la question de dissolution de la
« Société. Cette dissolution est devenue nécessaire ; car, d'une part, vous et les
« Délégués, à force d'incriminations et d'illégalité, vous avez rendu impossible
« mon administration dans laquelle vous vous êtes successivement immiscés.

« D'autre part, je ne puis, en me retirant, laisser à l'incapacité ou au mau-
« vais vouloir de ceux que vous me donneriez pour successeurs, le soin de
« conserver les biens de la Compagnie, lesquels doivent me garantir d'une
« dette de 1,200,000 fr.

» Veuillez agréer, etc. »

Voici maintenant la lettre que j'adressais, le même jour, à l'Agent-comptable :

« Mon cher Monsieur, je vous fais parvenir, par l'entremise de M. Jobard,
chargé à Paris de mes affaires personnelles, la copie de deux traités concer-
nant, l'un, l'atelier résineux, l'autre, 52,000 arbres vendus à M. Delâge. En
cette double circonstance, je crois avoir agi aussi utilement que possible dans
l'intérêt de la Compagnie, et j'ai la confiance que vous en jugerez ainsi.

« Votre lettre du 1er mars m'est parvenue avec celle de M. le duc de Doudeauville, et je vous communiquerai tout à l'heure mes impressions à leur
sujet. Je veux d'abord répondre au reproche d'avoir conclu ces deux traités

sans en référer, cette fois, aux Délégués. Je vais vous dire, en toute franchise, les motifs qui m'ont déterminé. Aujourd'hui je n'ai plus à garder les ménagements qui ont dominé dans mon dernier rapport.

« Depuis longtemps j'avais acquis la conviction que les Délégués, envoyés pour me surveiller, s'étaient laissés absorber par une pensée toute personnelle. Sur dix Délégués qu'on enverra dans les Landes, il y en aura neuf qui, après s'être mis au courant des opérations de la Compagnie, se feront, chacun en particulier, le petit raisonnement que voici :

« Le Gérant est un homme qui ne convient pas à ses fonctions. Dépourvu de
« qualités, rempli de défauts, incapable de faire le bien, coupable d'un grand
« nombre de fautes, il peut même être soupçonné d'une foule de mauvaises ac-
« tions; tandis que moi, Délégué, je réunis toutes les conditions désirables pour
« occuper avec succès, dans cette vaste entreprise, une position irresponsable
« rapportant quelque chose comme 12,000 francs. »

« Selon l'ordinaire, chacun des deux derniers Délégués s'est attribué à Ponténs une autorité en concurrence avec la mienne.

« M. Desportes a donné ses ordres pour la comptabilité; après les ordres exécutés, sont venus les contre-ordres qu'il a fallu exécuter aussi; d'où il est résulté que la comptabilité que ce Délégué avait pour mission de vérifier et d'élucider, a été à tel point bouleversée, qu'il deviendra impossible de produire, avant longtemps, l'inventaire général du 31 décembre.

« M. Richard n'a pas rempli dans les Landes la seule mission de Délégué; une autre mission dont je n'ai jamais su le nom, et qui avait pour but d'explorer les propriétés de la Compagnie, lui a été donnée par M. le duc de Doudeauville et le Conseil de surveillance, sans que personne ait songé à consulter le Gérant. Je n'ai concouru à cette mesure qu'en payant 3,000 fr. à M. Richard. Ils lui étaient dus, m'a-t-il assuré, d'après ses conventions avec le Conseil. Ces 3,000 fr. il les a gagnés en passant cinq semaines dans les Landes, ce qui, avec les frais de la délégation, a grevé la Compagnie de plus de 6,000 fr.

« M. le duc a dû se croire fondé à charger M. Richard d'une mission particulière dans les Landes sans qu'aucune opposition pût se produire de ma part, et voici pourquoi :

« En mai 1854, d'après le désir de M. le duc, je lui présentai M. Richard avec qui j'avais des relations d'amitié, et sous le nom duquel il fit mettre quatre de ses actions, pour lui donner entrée à l'Assemblée générale. Ce fut M. Dupont qui se chargea de remplir les formalités. L'année dernière, au mois de février, M. Richard voulut bien, à ma prière, et dans mon unique intérêt, assister de nouveau à l'Assemblée générale. Cette fois il y prit un rôle actif en devenant membre de la Commission nommée pour prononcer entre le Gérant et l'ancien Conseil. Ce rôle l'amena à en accepter deux autres, celui de Membre du nouveau Conseil de surveillance et de Délégué.

« Durant le cours de son exploration dans les Landes, M. Richard a pris, à

Pontens, en mon absence, l'autorité suprême. Il a réuni un grand nombre d'ouvriers, et leur a fait exécuter des semis sous sa direction, contrairement à la manière d'opérer que j'avais adoptée et qu'il n'approuvait pas, lui qui est complétement étranger à la sylviculture. Il a, en même temps, ordonné des dépenses.

« Il avait été question, dans nos conversations à Pontens, d'une combinaison par laquelle on créerait à M. Richard une position d'Inspecteur-Général ou de Directeur-Général de l'exploitation, avec 12,000 fr. d'appointements, pendant que je resterais, nominalement, Gérant responsable pour tout couvrir. M. Richard goûtait infiniment cette combinaison. Tant qu'il a pu espérer que mon assentiment lui serait acquis, je n'ai été l'objet d'aucune incrimination ; mais quand il a reconnu que ma coopération manquerait à un plan qui devait faire peser sur la Compagnie une charge de 12,000 fr., je n'ai plus été, en fait de Gérance, qu'un *pelé*, qu'un *galeux d'où venait tout le mal*.

« C'est pour avoir parfaitement pénétré les sentiments personnels des Délégués que je me suis dispensé de leur soumettre les deux derniers traités, ne pouvant prévoir de leur part que des entraves. Cette supposition n'est que trop justifiée par ce qui vient de se passer.

« Au 1er avril 1855, à la sollicitation de M. le duc de Doudeauville, je lui remis ma démission qu'il me déclarait lui être indispensable pour fortifier son autorité dans l'assemblée des Actionnaires, où il voulait renverser le précédent Conseil de surveillance. A l'aide de cette démission, il obtint, en effet, le résultat ambitionné ; il devint Président. Ma démission n'était donc qu'un acte de confiance de ma part, dont je n'avais pas à me préoccuper pour l'avenir.

« Cependant, j'appris, dans le courant de l'année dernière, de la bouche même des Délégués, que M. le duc, dans un moment d'abandon, leur avait fait connaître qu'en prenant ma défense devant l'assemblée des Actionnaires, il n'avait pour but que de renverser le Conseil de surveillance, mais que, loin de songer à maintenir le Gérant, il comptait le faire disparaître au moyen de la démission déposée en ses mains.

« De pareilles intentions ne devaient pas me disposer, vous devez le comprendre, à me rendre aux appels de M. le duc, lorsqu'il m'invitait à comparaître devant lui, moi, Gérant de la Compagnie des Landes, comme s'il se fût agi d'un simple commis.

« A l'effet de paralyser ses dispositions hostiles, je déclarai, dans mon rapport de janvier, que je tenais pour sans valeur et sans raison d'être la démission de complaisance que je lui avais CONFIÉE, SUR SA DEMANDE.

« Or, voilà qu'aujourd'hui cette démission m'est opposée, et que Président et Délégués me signifient que la Gérance m'est retirée et qu'ils vont pourvoir à mon remplacement.

« De la part de M. Desportes cette détermination peut sembler irréfléchie, mais elle se comprend, car il était en droit de se porter mon adversaire, bien qu'il m'eût offert son appui contre les intentions que M. le duc de Doudeauville manifestait à mon endroit.

« Mais M. le duc, qui n'a provoqué le dépôt de ma démission que dans l'intérêt de sa lutte contre l'ancien Conseil, a complétement abusé de ma confiance en donnant à cette démission une portée qu'elle ne pouvait avoir, surtout depuis qu'elle avait été révoquée par mon rapport de janvier.

« Quant à M. Richard, je m'explique moins encore la position qu'il a cru devoir prendre à mon égard. En mai 1854, pour m'aider à résister aux attaques de mes détracteurs, il consent à siéger dans l'Assemblée des Actionnaires avec les actions de M. le duc de Doudeauville. En avril 1855, il y prend un rôle actif pour me continuer son obligeant concours. Et voilà qu'en mars 1856, c'est lui qui prononce ma déchéance, en se servant de cette même démission qu'il m'avait déclaré devoir être sans inconvénient pour moi tant qu'il serait délégué. Je ne me permettrai aucune réflexion sur cette manière de procéder ; tous les cœurs droits sauront l'apprécier.

« Votre lettre, mon cher Monsieur, m'a causé, comme celle de M. le duc, une grande surprise. Je n'y veux voir que l'expression de vos bonnes intentions, et je me refuse à penser qu'après y avoir attentivement réfléchi, vous puissiez persister dans l'opinion que je dois céder devant les exigences déraisonnables du Président et des Délégués, dont les actes compromettent très-imprudemment les intérêts de la Compagnie qu'ils conduisent à une liquidation désormais inévitable.

« Il est impossible que votre expérience des affaires et votre excellente judiciaire, ne vous fassent pas comprendre qu'un Gérant ne saurait être renversé par les moyens auxquels on a recours contre moi.

« Après avoir été en butte aux incriminations les plus incessantes de la part de tous les Conseils et de tous les Délégués, il devient impossible, comme vous le disait ma lettre du 26 février, de résister à l'esprit d'envahissement qui s'est emparé d'un petit nombre d'actionnaires dont l'influence se manifeste d'une manière si désastreuse pour la Compagnie. En conséquence, je fais connaître à M. le duc que, sans tenir compte de la déchéance qu'il m'a signifiée, je vais prendre les dispositions nécessaires pour provoquer, en vertu de l'article 73 des Statuts, la dissolution de la Société.

« MM. les Délégués, loin de me communiquer leur rapport à l'avance, comme les Statuts leur en imposent l'obligation, ont eu grand soin de me dissimuler les imputations dont ils me rendaient l'objet, afin que je ne puisse y répondre. C'est là un indigne procédé. Cependant, je vous autorise à leur communiquer ma lettre, vu qu'elle doit figurer tout naturellement dans mon prochain rapport.

« Agréez, etc. »

Ces trois lettres permettent d'apprécier sous quelles inspirations a compagnie a été précipitée, en mars 1856, dans une situation plus déplorable encore que celle où l'avaient mise les précédents Délégués, en mars 1855.

Vous ne sauriez avoir oublié, Messieurs, les attaques dont, à cette dernière époque, je devins l'objet de la part de MM. Protat et Coltat, organes de la majorité du Conseil de surveillance. Une commission de trois membres fut nommée pour procéder à une enquête approfondie sur tous les griefs articulés contre moi, afin que l'Assemblée générale pût prononcer, en parfaite connaissance de cause, entre le Gérant et ses détracteurs. Cette commission, dont MM. Richard et Desportes faisaient partie, me donna raison, à l'unanimité, contre le Conseil et ses Délégués, qui se trouvèrent ainsi dans la nécessité de donner leur démission. Voici en quels termes les commissaires s'exprimaient en terminant leur rapport :

« Depuis vingt ans on nous menace de la faillite ! Ce n'est pas votre gérant actuel qui a créé vos dettes, il les subit ; et vous lui faites un crime de n'avoir pas, en un an, et à l'heure dite, les 1,200,000 fr. qui doivent vous dégrever. Vous êtes trop loyaux pour trouver cela juste.

« Revenant encore sur les difficultés qu'il a rencontrées depuis son entrée en fonctions, qu'il nous soit permis, Messieurs, de vous dire franchement notre pensée.

« Dès le début M. de Challemaison a été vu avec défiance par la Commission de surveillance. Nous ne jugeons pas si cette défiance était justifiée, mais nous demandons comment, si elle avait raison d'être, on a accepté le nouveau Gérant, et comment, dès le premier jour, on n'a pas employé les moyens que la Compagnie avait en son pouvoir pour l'empêcher de prendre la direction de nos affaires. Une fois accepté, nous croyons qu'il eût été plus sage de lui venir en aide et d'avoir pour ses essais un peu de cette longanimité dont on a été si prodigue envers l'insouciance ou l'incapacité de l'ancienne gérance, longanimité dont elle a si largement usé.

« Autre cause d'embarras pour le Gérant, et ici notre conscience nous oblige à être plus sévères : ne trouvez-vous pas, comme nous, Messieurs, qu'il est inimaginable que dans une société en commandite il y ait deux Gérants, l'un qui gouverne, l'autre qui mine en dessous le gouvernement ? En commandite, le Gérant doit être le seul maître. Comment donc nous expliquer cette direction occulte, qui envoie des ordres souverains dans vos propriétés en dehors du Gérant et CONTRE LUI ?

« Nous avons cherché à nous éclairer sur cette puissance que M. de Challemaison a eu, lui aussi, bien de la longanimité de ne pas briser dès le début.

« Voici ce qui nous a été dit :

« *Nous avons dû accepter le commis avec le Gérant ; l'un et l'autre nous ont été imposés, le premier surtout, qui représentait des intérêts fort hostiles à la Société, et qui devait nous obtenir des atermoiements de la part des personnes qu'il représente.* »

(Il s'agissait de M. Dupont, tout à la fois homme d'affaires de Madame de Montmorency, de M. le duc de Doudeauville, et, en même temps, agent comptable de la Société. En avril 1855, je dus le destituer, par voie d'huissier, de ses fonctions d'agent pour les confier à M. Desprez, qui depuis,... mais alors il était mon conseil, et non, comme aujourd'hui, celui de mes détracteurs.)

« Eh bien! continuent MM. Richard et Desportes, croyez-vous, Messieurs, avoir atteint le but que vous vous proposiez? Vous avez introduit parmi vous un homme qui devait servir vos intérêts; qu'a-t-il fait? Rien; pas un compte tenu; pas un renseignement; les comptes-rendus de la Commission de surveillance elle-même, jamais à jour. Vous dites qu'il n'a rien fait; eh bien! nous, nous allons vous dire ce qu'il a fait: il a organisé contre votre Gérant un système d'accusation, de dénonciation et de dénigrement qui a fait naître et a entretenu l'irritation dont nous avons vu les tristes effets. Ce qu'il a fait? vous lui avez payé 3,000 fr. par an pour vous servir et vous obtenir des conditions favorables de ceux dont il est le mandataire, et aujourd'hui, si vous avez des embarras, le plus grand vient de lui, et ses menaces sont ce qui vous effraye le plus.

« Voilà ce qu'il a fait et nous n'avons pas tout dit encore. Vous avez vu avec quelle indignation votre honorable vice-président (c'était alors M. le duc de Doudeauville) est venu, ici même, protester contre sa conduite, et comment ces mots de liquidation forcée se sont fatalement répandus parmi vous. On veut nous amener à une liquidation forcée pour nous acheter à vil prix. Cela ressort pour nous avec évidence de tout ce que nous avons recueilli. Voyez donc s'il vous convient, après vingt ans de souffrance, d'arriver à un pareil résultat.

« On nous affirme qu'avec le Gérant actuel nous avons la faillite avant trois mois; mais on ne nous garantit pas qu'avec un nouveau elle ne viendra pas nous accabler de même. Qu'est-il besoin de changer alors, et de nous lancer dans des procès dont le moindre mal sera de nous occasionner des frais considérables?»

Ce langage si pacifique, si raisonnable et si conforme aux véritables intérêts de la Compagnie, MM. Richard et Desportes le tenaient le 27 mars 1855, devant l'Assemblée générale des Actionnaires, après une enquête attentive qui avait duré dix-sept jours. Deux mois plus tard, à la suite d'une exploration approfondie dans les Landes, en qualité de Délégués, ces deux Messieurs, dans un nouveau rapport, faisaient entendre le même langage, mais d'une manière plus décisive.

Après avoir réduit au silence les précédents Délégués, dans leur premier rapport, ils les accablent dans le second. Vous allez en juger par le début:

« Notre première préoccupation, en arrivant dans les Landes, a été de nous placer dans les conditions les plus favorables pour apprécier sainement le passé de la Compagnie en même temps que son présent, en puisant nos renseignements aux sources les plus sûres et les plus respectables. A cet effet, nous

nous sommes mis en rapport avec le Maire et le Curé de Pontens, ainsi qu'avec le Juge de Paix du canton et les hommes le plus en état de bien nous éclairer. (Ceci se passait en mai 1855, époque où rien n'avait été ourdi contre moi. En février 1856, au lieu de s'adresser aux hommes *le plus en état de bien les éclairer*, les Délégués n'ont recours qu'à des délateurs anonymes.) Nous n'avons pas tardé à reconnaître que les Délégués qui nous ont précédés dans les Landes ont puisé leurs inspirations à des sources différentes des nôtres, et qui, NOUS EN SOMMES SURS, N'ÉTAIENT DIGNES D'AUCUNE CONFIANCE. (Voilà ce qu'à plus forte raison on peut dire des sources où ils ont, eux-mêmes, eu dernier lieu, puisé leurs propres inspirations.) Nous avons également reconnu que leurs investigations s'étaient détournées des questions qui intéressaient le plus éminemment la Compagnie, pour se concentrer, en quelque sorte, sur les questions personnelles; et c'est en S'Y PASSIONNANT qu'ils ont amené les débats irritants dans lesquels notre société a failli succomber. (Dans ce rapport de mai 1855, les Délégués ont déposé une réponse accablante pour leur rapport d'avril 1856.) Cette disposition d'esprit de nos prédécesseurs leur a fait envisager d'une manière exagérée OU COMPLÈTEMENT ERRONÉE, l'application de quelques-unes des machines dont ils ont reproché l'emploi à M. de Challemaison, et dont ils ne paraissent pas avoir COMPRIS l'utilité. Il en résulte qu'en général, sauf, en ce qui concerne la comptabilité, nos appréciations diffèrent essentiellement des leurs, et cependant nous avons lieu de croire que vous ne les trouverez pas empreintes d'indulgence pour notre Gérant.

« Il ne faut pas vous le laisser ignorer, Messieurs, les fautes accumulées et le mal accompli sont immenses, et il y aura énormément à faire pour restaurer notre compagnie.

« Dans l'origine, lorsqu'il s'agissait d'organiser cette grande exploitation, il eût suffi qu'un homme d'intelligence et de dévouement, secondé par quelques agents spéciaux et possédant l'esprit d'ordre indispensable à tout organisateur, procédât méthodiquement et avec une vue d'ensemble; aujourd'hui les difficultés sont bien autrement grandes que dans le principe. Il faut immédiatement arrêter et réparer le mal, qui s'est perpétué depuis si longtemps; ce qui entraîne une rénovation à peu près radicale, c'est-à-dire un travail double et triple de celui qui eût été nécessaire au début. Il faut également pouvoir se créer des ressources suffisantes pour opérer efficacement cette restauration ; mais il faut surtout avoir à sa disposition un homme dont la capacité, les connaissances spéciales comme le dévouement soient à la hauteur d'une pareille mission. A ce dernier point de vue la question devient de plus en plus embarrassante, et nous nous déclarons impuissants à la résoudre parce qu'il nous paraît peu probable qu'il se rencontre un homme réunissant toutes les conditions indispensables, et, s'il se rencontre, qu'il consente, même avec de très-grands avantages, à aller se confiner dans les Landes, durant une douzaine d'années, pour se consacrer au salut de notre capital social. »

Vous remarquerez, Messieurs, que vos Délégués, après avoir constaté que les fautes de mes prédécesseurs ont mis la Compagnie dans une situation à peu près désespérée, déclarent qu'on eût obtenu d'heureux résultats si, dès l'origine, un homme, doué de grandes facultés et secondé par des agents spéciaux, se fût trouvé à la tête de votre société. Puis ils ajoutent que, pour arrêter et réparer le mal qui s'est perpétué depuis vingt ans, il faut un travail double et triple de celui qui eût été nécessaire au début. Or, si l'homme aux grandes facultés n'a pu s'obtenir lorsque la Compagnie affectait 30,000 fr. à la gérance, comment pouvait-elle se le procurer quand de triples difficultés exigeaient des facultés trois fois plus étendues, et qu'elle n'offrait plus que 6,000 fr., sans le concours d'aucun agent spécial, le défaut de ressources ayant forcé de réduire le personnel à sa plus simple expression ?

En outre, pour opérer une rénovation salutaire, les Délégués reconnaissent qu'un capital serait indispensable, et vous n'avez pas de quoi payer les intérêts arriérés de votre dette. La restauration qu'ils vous présentent en perspective est donc tout simplement une chimère, et l'on ne peut raisonnablement m'imputer à crime de ne pas en avoir fait une réalité. Si, apercevant la lune dans un seau d'eau, vos Délégués me la demandaient, serais-je tenu de la leur donner ?

Et maintenant, Messieurs, quel est celui de vous qui, en interrogeant sa conscience, ne trouvera pas dans ce rapport de vos Délégués la complète justification de mes actes, en tant qu'ils n'ont pu suffire à opérer la rénovation qui devait sauver la Compagnie ? Moi-même j'avais rêvé une restauration avant M. Richard, mais je ne voulais pas l'opérer, comme lui, avec les abeilles, les sangsues, l'agriculture et l'élevage des chevaux, moyens théoriques qui deviennent des utopies dès qu'on a appris à connaître la Lande, car ils absorberaient, sans profit, un nouveau capital. J'ai fait des efforts de tout genre pour arriver à un résultat salutaire. Si je n'y suis point parvenu au gré de vos désirs, vous pouvez l'imputer à mon insuffisance, mais il serait plus exact et plus juste de l'attribuer à l'état de misère, de désordre, de dilapidation et de ruine, dans lequel j'ai trouvé la Compagnie. Attribuez-le surtout à la tutelle que l'on m'imposait, à la pression qui paralysait tous mes mouvements, à la méfiance et au dénigrement dont mes actes ont été l'objet dès le début de mon administration.

C'est ce que MM. Richard et Desportes vous ont déclaré dans leurs rapports des 27 mars et 19 mai 1855. Si, depuis, ces deux Délégués ont changé complétement d'attitude et de langage, s'ils ont reproduit contre moi les mêmes moyens qu'ils avaient réprouvés chez leurs prédécesseurs, les mêmes manœuvres qu'ils avaient flétries chez M. Dupont, n'en cherchez pas la cause dans mes actes, qui seront parfaitement justifiés, mais bien dans une pensée toute personnelle de la délégation.

Qui de vous, Messieurs, croira que c'est uniquement dans l'intérêt des actions de M. le duc de Doudeauville que M. Richard accepte, coup sur coup, des fonctions de Commissaire, de membre du Conseil de surveillance, de Délégué, et, enfin, d'Accusateur social à l'effet de poursuivre de référé en tribunal, le Gérant en faveur duquel il a consenti à jouer le rôle d'actionnaire? Dieu seul lit au fond des cœurs; mais il est évident qu'un homme habile ne prend pas la peine de jouer tant de rôles divers pour ne toucher qu'une simple somme de 3,000 fr., soldée depuis un an.

M. Richard m'entretenait parfois de ses espérances au sujet de l'emploi de 12,000 francs qu'il ambitionnait dans la Compagnie. Le 23 mai 1855, peu de jours après le rapport dont je viens de citer quelques passages, il m'écrivait :

« Mon cher ami, nous avons eu un conseil samedi. Nous avons lu notre rapport qui a paru satisfaire la réunion ; mais je ne l'ai pas vue bien comprendre la marche nouvelle à adopter. Elle est convaincue, je crois, qu'il faut changer de système; mais comment se mettre à l'œuvre pour provoquer la réforme radicale rigoureusement exigée? J'ignore si le projet dont nous avons parlé sera réalisé. Je ne le prévois pas trop, parce que, vous le savez bien, ce n'est pas à moi d'attacher le grelot. Si on l'attache, je me charge bien de le faire sonner.

« Je ne dois pas vous laisser ignorer que les dispositions de M. le duc ne vous sont pas favorables. Il nous a dit que vous l'aviez abandonné, l'an dernier, dans une affaire sérieuse (Il s'agit tout simplement ici d'une interpellation que m'avait adressée M. le duc, en plein Conseil de surveillance, pour réclamer mon témoignage contre les anciens délégués, témoignage qu'il ne m'était pas permis de lui donner, ma parole étant engagée); que, par suite de votre abandon, il avait été obligé de battre en retraite, mais qu'il ne l'avait pas oublié, et que s'il vous avait soutenu dans les dernières affaires, ce n'était pas pour vous. »

Ce renseignement, qui me fut confirmé par les collègues de M. Richard, suffirait pour établir qu'en me prêtant son concours, et en me déterminant par ses instances à lui confier ma démission, M. le duc avait un double but, celui de renverser l'ancien Conseil pour conquérir la Présidence, et celui de s'assurer le moyen de me sacrifier ensuite.

De tous les faits qui précèdent il faut tirer cet enseignement que les actionnaires d'une compagnie, lorsqu'ils n'accordent pas une entière confiance à leur Gérant à son entrée en fonctions, et qu'ils se montrent constamment hostiles à son administration, commettent la faute qu'on appelle *tirer sur ses troupes*. Alors il arrive toujours ceci, qu'en affaiblissant le Gérant ils soulèvent autour de lui des prétentions et des idées de convoitise dont la réalisation paraît facile à ceux qui ont su s'emparer de l'esprit des actionnaires influents. C'est ainsi qu'éclatent les conflits et que périssent les sociétés.

A quels moyens n'a-t-on pas eu recours, Messieurs, pour exciter contre moi votre injuste animadversion ? On m'a dénoncé au Conseil de surveillance, par des rapports successifs, comme un incapable, un spoliateur, un insensé, et c'est ainsi que le Président et les Délégués ont obtenu son adhésion quand il s'est agi de me signifier ma déchéance.

Ces accusations qu'on formulait, cette démission qu'on voulait invoquer, étaient des faits assez graves pour faire naître le désir de savoir si le Gérant qu'il s'agissait d'expulser n'avait absolument rien à alléguer pour sa justification. Les statuts sont formels à cet égard; ils disent, article 57 :

« Les rapports des Délégués sont communiqués à la gérance ; elle peut y
« répondre, et la commission ne peut statuer, en ce cas, qu'après une convo-
« cation spéciale, et à la condition que les deux tiers au moins de ses membres
« auront assisté à la séance. »

Telle est la loi qui nous régit. Mais, aux fins de MM. les Délégués, il fallait mettre le Gérant hors la loi commune. Pour l'exterminer, tout moyen sera bon. Après une apparition clandestine à Pontens, on apporte au Conseil des accusations clandestines, et c'est clandestinement qu'on parvient à réunir du premier coup, et pour la première fois depuis 20 ans, une Assemblée en nombre suffisant, afin que le Gérant, pris au dépourvu et mis ainsi dans l'impossibilité de se défendre devant cette Assemblée, soit impunément étranglé entre deux portes.

Tout était parfaitement combiné, et tout a parfaitement réussi. Reste à savoir aux dépens et au profit de qui. Vous allez l'apprendre, Messieurs, si vous voulez bien me prêter toute votre attention , car c'est ici que le drame commence à se dérouler.

Le trame ourdie et les rôles distribués, voilà que, sous prétexte d'empêcher la dilapidation de vos forêts, à propos d'un marché signalé comme monstrueux , bien qu'il soit le meilleur qu'ait jamais fait la Compagnie, on invite M. Dupont à procéder, par voie de commandement, au nom de Mme de Montmorency, pour mettre à la raison un Gérant *provisoire*, *démissionnaire* et *rebelle*. M. Dupont, les preuves en sont nombreuses, était, depuis cinq ans, à l'affût d'une pareille occasion, qu'il avait plus d'une fois tenté de faire naître. Aussi s'est-il élancé d'un bond sur la proie qu'on lui livrait avec tant de candeur.

Lorsqu'un mois se fut écoulé après le commandement tendant à saisie immobilière, M. Dupont, dans la séance du 21 avril, dit au Conseil de surveillance :

« Le temps est venu de rejeter les moyens timides; il faut, au contraire,
« prendre les mesures les plus rigoureuses. Il s'agit de sauver la Société. On
« n'y doit mettre ni lenteurs, ni délais. Si on veut me donner pleins pouvoirs,
« je me fais fort de débarrasser en quelques jours la Société de M. de Challe-
« maison. »

D'un autre côté, M. le duc de Doudeauville, indigné de trouver dans une de mes lettres un avertissement salutaire sur les projets des Montmorency-Doudeauville, déclare, en plein Conseil, QUE SA MAIN SE SÉCHERAIT AVANT QU'ELLE SIGNAT UN ACTE QUI AURAIT POUR EFFET D'AMENER L'EXPROPRIATION DE LA SOCIÉTÉ ET LA RUINE DES ACTIONNAIRES DONT LES INTÉRÊTS LUI SONT CONFIÉS.

Hélas ! ce n'est pas la première fois que vous avez entendu, Messieurs, de

pareilles protestations. Permettez que je vous rappelle encore ce que vous disait la commission d'enquête, à la page 14 de son rapport du 27 mars 1855:
« Vous avez vu avec quelle indignation votre honorable Vice-Président (M. le
« duc de Doudeauville) est venu, ici même, protester contre la conduite de
« M. Dupont, et comment ces mots de liquidation forcée se sont fatalement ré-
« pandus parmi vous? On veut nous amener à une liquidation forcée pour
« nous ACHETER A VIL PRIX. Cela ressort pour nous avec ÉVIDENCE DE
« TOUT CE QUE NOUS AVONS RECUEILLI. »

Et ce sont ces mêmes hommes pour qui, en mars 1855, l'intention des Montmorency-Doudeauville *de vous acheter à vil prix* était évidente, qui, en mars 1856, leur livrent la Compagnie!! C'est le même duc de Doudeauville qui proteste de nouveau contre les intentions spoliatrices prêtées à sa famille!!!

Or, qu'est-il arrivé? vous le savez, Messieurs : l'homme d'affaires de M. le duc, agissant au nom de la belle-mère de M. le duc, pour le compte des enfants de M. le duc, uniques héritiers, a tourné contre les Actionnaires l'arme que ceux-ci avaient mise en ses mains contre le Gérant; et c'est ainsi que M. Dupont a perpétré la ruine de la Société qu'il déclarait vouloir sauver.

En confiant la saisie à M. Dupont, le Conseil de surveillance s'est montré aussi imprudent que moi quand je confiai ma démission à M. le duc. Tel maître tel valet, dit le proverbe.

Et maintenant, Messieurs, on vous fait jouer, à vous aussi, un rôle des plus étranges. Après vous avoir fait succomber en référé, succomber devant le tribunal de la Seine, le Conseil de surveillance veut vous faire succomber encore devant le tribunal à Mont-de-Marsan, où il vous conduit pour y soutenir que la saisie pratiquée par Mme de Montmorency était une tactique convenue entre ses représentants, MM. Dupont et de Doudeauville, et le Conseil de surveillance; de sorte qu'en consommant l'expropriation, cette dame manquerait aux engagements pris en son nom. Que voulez-vous qu'on pense de vous à Mont-de-Marsan quand vos avocats y développeront des moyens de défense basés sur de pareilles machinations?

Le cas de nullité invoqué en votre nom contre Mme de Montmorency, n'a pas plus de chance de succès que toutes les poursuites dirigées contre moi. Depuis le 12 août, on aurait passé outre à la vente de vos propriétés, si votre gérant, par un moyen héroïque dont j'ai bien voulu prendre la responsabilité, ne fût venu conjurer, momentanément, la catastrophe provoquée et habilement préparée au sein de votre Conseil de surveillance.

De pareils faits doivent faire tomber les écailles de tous les yeux.

Vous êtes, Messieurs, des hommes dont on peut surprendre la bonne foi, mais dont on ne saurait affaiblir le jugement. Les protestations ne doivent plus aujourd'hui vous faire prendre le change, surtout depuis celle qui est relatée dans le rapport du 27 mars. Après avoir affecté d'écraser M. Dupont sous le poids d'une indignation calculée, après m'avoir fait déposer en ses mains une démission de convention, lorsqu'il est parvenu, par cette double combinaison, à saisir enfin la présidence, que fait M. le duc de Doudeauville? Son premier acte, dans l'assemblée du 2 avril, est de vous imposer, comme membre du nouveau Conseil de surveillance, ce même M. Dupont, frappé d'une réprobation unanime, honni par la Commission d'enquête, et que je venais de chasser comme atteint et convaincu par cette Commission (page 14), d'avoir *organisé* contre moi, son supérieur, un *système d'accusation, de dénonciation et de dénigrement.*

Que n'avait-il pas fait aussi contre mon prédécesseur? car, selon M. Dupont, un seul Gérant convient à la Compagnie des Landes, ou plutôt la Compagnie des Landes convient à un seul Gérant, à M. Dupont. Il l'a déclaré en plus d'une occasion devant M. le duc de Doudeauville, qui sans doute aura fini par le croire.

Tant que les propriétés de la Compagnie n'auront pas M. Dupont à leur tête, elles seront affreusement dilapidées. Voulez-vous savoir, Messieurs, les spoliations dont vous avez été victimes de la part de vos gérants? Demandez-le à M. Dupont. Il en a fait le calcul. Il vous dira qu'on vous a volé sept millions, dont trois, par moi seul, en trois années. Il en a établi le compte aux yeux de son patron émerveillé. Combien je me félicite, M. Dupont, que vous ne soyez ni mon ami ni mon homme d'affaires! j'en serais trop humilié.

Le lendemain de l'assemblée du 2 avril, j'entendis M. Desportes, suffoqué de se voir accoler un pareil collègue, se demander s'il ne compromettait pas son caractère en siégeant avec l'homme que, la veille, il avait ignominieusement jeté à sa porte. Personne ne rend plus que moi justice aux honorables sentiments de M. Desportes, et, s'il savait réellement la comptabilité, je n'aurais à lui reprocher que la persévérante candeur avec laquelle il lance, de loin, un regard méfiant et courroucé sur tous mes actes, renouvelant à leur égard la fable des bâtons flottants sur l'onde, tandis qu'il ne se doute pas qu'à Paris il marche au milieu des chausses-trappes et des traquenards.

Dans le cas où il croirait que j'outrage sa perspicacité, je le prierais de me dire si, lorsque je comparaissais devant la Commission d'enquête, il s'est jamais douté que M. Richard jouait un rôle en affectant de ne pas me connaître.

Lui et vous tous, Messieurs, vous avez assez vu et entendu M. Dupont pour apprécier la portée et l'intelligence de cet homme d'affaires qui ne sait ni parler ni écrire. Vous avez pu comprendre qu'il n'était qu'un instrument entre des mains habiles, dès longtemps exercées à manier les hommes et les affaires. Ne faites donc pas honneur au comparse des savantes combinaisons qui ont amené les émouvantes péripéties du drame qu'on déroule sous vos yeux émerveillés, mais peu satisfaits.

S'il vous restait quelque doute, il suffirait, pour le faire disparaître, de jeter les yeux sur les procès-verbaux du Conseil de surveillance, qu'il a fallu produire devant l'arbitre-rapporteur nommé par le tribunal de commerce.

Dans la séance du 27 juillet, M. le Président affirmait que la saisie immobilière n'a eu lieu que sur la demande FORMELLE du Conseil de surveillance.

Le 14 juin M. Dupont, interpellé dans le Conseil, avait déclaré que Mme *de Montmorency était décidée à poursuivre l'expropriation*, et il avait ajouté que la vente s'opérant présentement il y avait chance pour les Actionnaires d'obtenir une répartition, tandis que plus tard *il ne resterait rien*.

A ces paroles de M. Dupont, M. le Président répondait en protestant contre toute idée de dissolution.

Or, le 6 août, moins de deux mois après, il déclarait :

Qu'effectuer la vente c'était ce qu'on avait toujours voulu, et que personne n'avait le désir de risquer une administration nouvelle.

Ainsi, le 14 juin, M. le président proteste contre la dissolution que poursuivait M. Dupont par la vente forcée, et, le 6 août, il déclare qu'il a TOUJOURS *voulu cette vente.*

Ces contradictions flagrantes et ces inconséquences ne sont-elles pas la preuve qu'on suivait un plan dès longtemps prémédité, et qu'on s'efforçait d'endormir les actionnaires par des protestations de loyauté trop multipliées et trop emphatiques pour ne pas éveiller la défiance?

Voulez-vous, Messieurs, connaître mieux encore votre position? demandez à chaque membre du Conseil de surveillance de vous répondre, sur l'honneur, et sans capitulation de conscience, s'il est réellement PROPRIÉTAIRE d'actions. En dehors de M. Dupont il s'en rencontrera plusieurs qui ne voudront pas se parjurer. Ceux là sont les hommes liges ; M. Dupont est le Séide.

Et nunc intelligite !!!

En arrivant aux dix articles de l'acte d'accusation, et en répondant au reproche de n'avoir pas de cautionnement ou de ne point posséder d'actions, je ferai définitivement justice de ces grands mots de Gérant provisoire qu'on fait retentir avec tant de complaisance dans le prétoire comme dans vos assemblées. Hélas! c'est en affectant de méconnaître un Gérant définitif, que les habiles sont parvenus à n'avoir devant eux qu'une Société dont l'existence est devenue trop réellement provisoire.

Mais avant d'établir la valeur négative des imputations dont je suis l'objet, je dois, Messieurs, vous prier de jeter avec moi un coup d'œil rétrospectif sur la situation de la Compagnie, en 1853, quand un acte authentique me transmit la gérance, après la démission de M. le vicomte Levavasseur.

La Société existait depuis 1834, et, pendant seize ans, M. Levavasseur venait de l'administrer avec un dévouement incontestable. Ancien avocat général, et ne possédant pas, on peut le dire, les qualités essentielles exigées par la multiplicité de ses fonctions de Gérant, il devait inévitablement s'égarer au milieu d'un dédale d'opérations qui se compliquaient d'intérêts opposés et d'embarras inextricables, engendrés par une situation financière des plus lamentables.

Cette situation, que ses prédécesseurs avaient créée en grande partie, s'empira à tel point sous son administration qu'après avoir épuisé, au profit de la Société, tout ce que ses nombreuses relations et son caractère honorable lui donnaient de crédit, M. Levavasseur se trouva un jour en présence d'une cessation de payements, avant-coureur de la faillite.

C'est dans ces pénibles circonstances que M. le duc de Doudeauville et son homme d'affaires, le poursuivaient de leurs incessantes incriminations : même après sa retraite, ils m'ont plus d'une fois incité, l'un et l'autre, à mettre à l'index les actes de son administration. Abreuvé de dégoûts et effrayé des dangers où le jetait sa position de Gérant, M. Levavasseur se démit de ses fonctions, après avoir avancé à la Société, ou fait avancer par sa belle-mère, un capital de 170,000 fr., dont une partie ne jouit encore d'aucune garantie hypothécaire.

Le 9 novembre 1852, avant que le Gérant eût donné sa démission, M. Gauchelin, qui occupait à Paris l'emploi d'agent comptable, lui faisait part d'un entretien qu'il venait d'avoir avec le Président du Conseil, M. le duc de Fezensac, lequel s'était exprimé dans ces termes :

« *M. Levavasseur nous a jusqu'ici sauvés, comme par miracle,* D'UNE RUINE « COMPLÈTE. *La seule chose que nous ayons à faire, c'est de le conserver, s'il veut* « *bien nous rester; autrement* NOUS NE TARDERONS PAS A PÉRIR.

« *M. de Fezensac,* ajoutait M. Gauchelin qui croyait avoir amadoué le repré- « sentant de Mme de Montmorency, *ne peut ajouter foi à l'amendement que je lui* « *ai dit avoir remarqué chez M. Dupont ; il prétend que* C'EST LE CHAT QUI GUETTE « LA SOURIS, ET QU'IL NE FAUT PAS S'Y FIER. »

Cette lettre prouve que M. le duc de Fezensac appréciait parfaitement la situation de la Société comme les intentions de M. Dupont, et que, dès 1852, le Conseil de surveillance avait pénétré les vues secrètes de la famille Montmorency-Doudeauville. On comprend dès lors combien il importait à celle-ci que ce Conseil, trop clairvoyant, fût renversé pour faire place aux amis de M. le duc de Doudeauville, et AU CHAT QUI GUETTAIT LA SOURIS. Obtenue fort à propos pour la circonstance, ma démission devint, comme je l'ai dit, une arme dirigée d'abord contre le Conseil et ensuite contre moi-même. Qui veut la fin veut les moyens.

Après la démission de M. Levavasseur, l'administration de la Compagnie resta provisoirement aux mains de M. de Lannoy, co-Gérant, représenté dans les Landes par un sieur Campeaux, homme d'une excessive habileté, auquel l'honnête M. Levavasseur avait eu le tort très-grave d'accorder sa confiance. Il fallait bien qu'il l'accordât à quelqu'un, n'ayant pas suffisamment foi en ses propres lumières pour faire face à tant de complications.

Cependant, à Paris, le Conseil de surveillance s'épuisait en vains efforts à la recherche d'un Gérant qui réunît les qualités nécessaires pour opérer la restauration de la Compagnie. Il n'était pas facile de découvrir un homme d'intelligence et de bonne volonté, qui consentît à assumer sur lui, avec un passif

2

de 1,200,000 fr., la besogne des trois Gérants primordiaux, tout en ne recevant que les émoluments d'un seul, et en faisant même sur ces émoluments un abandon de 40 % au profit de la caisse sociale. En outre, il fallait se confiner dans un pays empesté par la fièvre, et compromettre sa santé sans espoir de succès, vu qu'il s'agissait tout simplement de remplir le tonneau des Danaïdes.

Avant de me décider à accepter la Gérance, je me rendis à Pontens, conduit par M. de Lannoy. Il me sembla qu'avec les sentiments dont j'étais animé pour une Compagnie si honorable par son but comme par les hautes notabilités de son personnel de fondateurs, je parviendrais, à force de zèle et de dévouement, à lui donner une vie nouvelle. Je dus être dominé par une présomption imprudente, et j'apportai incontestablement trop peu de temps à mon enquête, sans quoi j'aurais fini par reconnaître qu'on me donnait à galvaniser un cadavre, et que ces éléments de prospérité, qu'on faisait miroiter devant mes yeux, étaient purement fantastiques. Quand je pus voir clair dans la situation, je compris, mais trop tard, dans quel océan de dangers je m'étais aventuré.

Au moment même où j'étais institué Gérant, on me faisait signer un engagement par lequel, en considération de l'état de détresse où se trouvait la Société, je consentais à réduire à 6,000 fr. les appointements de 10,000 fr. affectés jusque-là à chaque Gérant, même lorsqu'il y en avait trois pour supporter le fardeau social. En outre, il m'était expressément recommandé d'opérer des économies sur les employés de la Compagnie, dont il eût fallu, au contraire, augmenter le nombre ou tout au moins les appointements.

On m'imposait, en même temps, le sieur Campeaux, bien que les plus graves soupçons planassent sur lui. A la vérité, c'était le seul homme qui fût en état de me donner des renseignements utiles, s'il l'eût voulu, car il avait, depuis trois ans, appris à bien connaître le pays et les propriétés de la Compagnie.

J'arrivai à Pontens, n'ayant en caisse qu'une somme de 5,000 fr., et j'y fus bientôt assailli par d'innombrables réclamations.

Maintenant, voici dans quelle situation je trouvai les affaires de la Compagnie :

1° La forge était dans l'état le plus déplorable, et cependant le sieur Campeaux venait de passer, au nom du Gérant, un marché de 400,000 kilog. de fer que je me trouvais dans l'obligation de livrer. Des efforts inouïs et la résiliation d'un huitième de la commande, nous mirent à l'abri de la catastrophe que pouvait amener l'inexécution de ce marché, onéreux à tous les titres.

2° Un second marché plus désastreux encore, inféodait toute notre récolte de résine à une maison dont la position n'offrait aucune garantie de solvabilité. Je plaidai en première instance, je plaidai en appel pour obtenir la résiliation de ce second marché, et je pris sur moi de l'annuler par avance, prévenant ainsi la décision des tribunaux, et une perte de 40,000 francs, vu la faillite de cette maison. Ce que cette affaire me coûta de soucis, de démarches, de tribulations ne peut s'exprimer.

3° Le sieur Campeaux, toujours au nom du co-Gérant, avait, par un troisième marché, vendu, pour 7,000 fr., tous les chênes avoisinant les métairies. On vint me déclarer de divers côtés que ce marché avait donné lieu à un pot de vin de 10,000 fr. Pour empêcher cette vente de recevoir sa complète exécution, j'introduisis une instance dans l'intention d'intimider vendeur et acheteur; mais, dépourvu de preuves, je dus renoncer à l'espoir d'obtenir une résiliation amiable, et, d'après l'avis de mon avocat, je me désistai.

4° 140 chênes avaient été précédemment vendus 5,000 fr., prix insuffisant, vu le développement de ces arbres. Peu de temps avant mon arrivée, le sieur Campeaux fit mieux, il vendit 1,800 chênes, formant l'avenue de Castéja, au prix de 3,000 fr.

A force d'intimidation et de démarches auprès de l'acquéreur, menacé d'une faillite, j'eus, cette fois, la très-vive satisfaction de faire résilier ce marché, et la Compagnie, grâce à mes efforts, échappa à un acte de vandalisme et à une spoliation.

A ces diverses perplexités vinrent s'ajouter d'autres complications plus graves encore.

Le 9 juillet, dix jours après mon arrivée, on vint me réveiller au milieu de la nuit, pour m'annoncer la chute de la cinquième écluse du canal, laquelle, peu d'années auparavant, avait coûté une somme énorme.

Il fallait immédiatement commencer les travaux et organiser des moyens de transbordement sur le canal, pour empêcher une complète interruption dans la navigation, et échapper ainsi à une déchéance qui nous menaçait. On ne pouvait parer à tout qu'en faisant de très-grandes dépenses, et nous n'avions ni argent, ni ressources. Déjà mon prédécesseur s'était efforcé de parer à cette pénurie radicale en battant monnaie par la création de bons de circulation qui s'élevaient à plus de 40,000 fr. Ces bons étaient avilis à tel point qu'on les escomptait à 50 p. 100 de perte. Mon premier devoir était de les amortir pour relever la Compagnie d'un discrédit et d'une déconsidération dont on ne saurait se faire une idée. J'y suis parvenu en moins d'une année, mais au prix de quels efforts !...

Pour échapper à la position que me faisaient la chute de l'écluse et les réclamations dont j'étais assailli, il fallait obtenir de l'argent à tout prix.

Le bois de la Taraire, mis en vente par mon prédécesseur au prix de 28,000 fr., n'avait pu trouver d'acquéreur. Dans l'intervalle, les plus beaux arbres en avaient été abattus pour les réparations de la forge. Je vendis ce bois 20,000 fr., en me réservant les débris dont la valeur fut réduite de moitié par un abus de confiance du sieur Campeaux, et ce n'est pas le seul que j'eus à lui reprocher avant de me débarrasser de lui. Bien que le prix de 20,000 fr. fût au-dessous de ce que pouvait valoir réellement ce bois, je dus m'estimer très-heureux d'avoir pu me créer cette ressource dans un pareil moment.

Cependant, quelques mois plus tard, quand le danger fut passé, M. Dupont n'hésita pas à m'imputer cette vente à crime, en attribuant une valeur de 80 à 100,000 fr. aux chênes de la Taraire, sans se douter de leur dimension, et sans savoir que la plupart avaient été gelés, chose très-commune dans la Lande où les chênes *gélifs* ne trouvent acquéreur qu'à un prix très-modique.

Au milieu des graves préoccupations qui me tenaient sur pied presque jour et nuit, épuisant mes forces et ma santé, je reçus deux visites à Pontens, celle de M. le duc de Doudeauville, au mois d'août; celle de M. Dupont, deux mois plus tard. Le premier m'écrivit la lettre suivante peu de jours après m'avoir quitté :

Paris, le 18 août 1853.

Mon cher Challemaison, de retour à Paris, je reçois votre lettre et je m'empresse d'y répondre, heureux de vous dire combien je suis satisfait de mon voyage dans les Landes; combien aussi j'apprécie une activité jointe à des connaissances toutes spéciales dont j'attends les meilleurs effets. Je vous engage seulement à vous ménager un peu.

Vous avez compris qu'il fallait tout voir, tout connaître et donner partout l'exemple.

Rappelez-vous les conseils du curé et hâtez-vous de vous débarrasser de celui qui ne peut chercher qu'à vous nuire (Il s'agissait du sieur Campeaux.)

Après le retour à Paris de M. Dupont, je recevais de M. le duc une autre lettre que voici :

Armainvillers, le 12 novembre 1853.

J'avoue, cher Monsieur, que je ne puis m'accoutumer à voir que vous ne me répondiez pas dans le plus grand détail, article par article. (M. le duc savait que je n'avais personne pour me seconder, que tout roulait sur moi et que je ployais sous le fardeau; cependant il m'accablait de lettres et de réclamations auxquelles il m'était humainement impossible de satisfaire. Cela m'attirait, de sa part, de fréquentes admonestations qui ajoutaient encore à mes innombrables tribulations.)

Rappelez-vous votre nomination et ses immenses difficultés, ma confiance, avec vos engagements si formels ; rappelez-vous l'énorme responsabilité que j'ai prise, et vous concevrez mes inquiétudes, surtout lorsque je vous vois entouré d'employés qui vous travaillent, ne sont nullement dans votre main, et rendent compte à Paris de tout ce qui se fait là-bas.

Il est évident pour moi qu'en voulant couvrir d'un manteau le passé, auquel on a pris une part si coupable, on cherche à vous faire faire fausse route et à rendre, à tout prix, le présent impossible.

M. Dupont me disait l'autre jour : L'HOMME CHARGÉ DE LA COMPTABILITÉ EST LOIN D'ÊTRE AUSSI INCAPABLE QUE NOUS LE SUPPOSIONS. *Donc, il est bien plus coupable encore que nous ne le pensions, et c'est dans un motif criminel que l'on* EMBROUILLAIT *ainsi, depuis des années, la comptabilité, afin que* PERSONNE N'Y PÛT RIEN COMPRENDRE.

Rappelez-vous le mot du Préfet : MAISON NETTE, SI VOUS VOULEZ FAIRE QUELQUE CHOSE DE BON ET MÊME DE POSSIBLE.

M. Dupont, qui s'est si loyalement associé à vous, et qui cherche tant à vous seconder en tout, me répète sans cesse : PAUVRE M. DE CHALLEMAISON, QUE JE LE PLAINS! JAMAIS ON NE POURRA CROIRE A UNE PAREILLE BESOGNE! MAIS IL FAUDRAIT QU'IL FUT SECONDÉ, ET IL NE L'EST PAS : IL Y SUCCOMBERA.

Je suis désolé d'avoir à le dire, mais ces paroles de M. Dupont, reproduites par M. le duc, ne peuvent être considérées par moi que comme une insigne fourberie; car, au moment où il prétendait *s'associer* SI LOYALEMENT *à moi* pour me SECONDER EN TOUT, ce même M. Dupont faisait au Conseil un rapport fulminant contre moi, et il écrivait à un de mes gardes pour lui enjoindre de me dénoncer au procureur impérial comme un fripon en même temps que le sieur Campeaux.

Rien n'est plus facile, Messieurs, que de vous donner la clé de ces étranges palinodies. Pendant son séjour à Ponteus, M. Dupont m'avait dit qu'il était temps que la Compagnie des Landes passât en d'autres mains, et que si j'y prêtais ma coopération une bonne position me serait réservée. Je répondis en protestant de mon respect et de mon dévouement pour M. le duc de Doudeauville et sa famille, mais en déclarant que jamais je ne tremperais dans aucune combinaison de ce genre. (*Voir mon Rapport du 10 mars 1855, page 26.*)

Après cette réponse de ma part, on se demandera, peut-être, ce qui pouvait engager M. le duc à me présenter M. Dupont comme si plein de sollicitude et de tendresse pour ma personne, lui qui n'ignorait certainement pas la philippique lue au Conseil de surveillance par son homme d'affaires, contre *ce pauvre M. de Challemaison;* pas plus qu'il ne pouvait ignorer l'odieuse lettre écrite au garde Broca, laquelle, vous ne sauriez l'avoir oublié, Messieurs, excita dans l'Assemblée générale, en mars 1855, la réprobation la plus unanime. (*Voir mon Rapport de mars 1855, page 22, et le rapport de la Commission d'enquête.*)

Il y a dans tout ceci un abîme dont une pensée honnête répugne à sonder la profondeur.

Et ne croyez pas, Messieurs, que ce soit la seule fois où j'ai été exposé à des obsessions analogues. Elles m'ont toujours trouvé inébranlable dans la ligne de mon devoir; mais, si elles sont restées sans effet pour la Société, il n'en a pas été de même pour moi qui me vois aujourd'hui en butte à des ressentiments implacables.

Quel Gérant appelé, comme je l'ai été, à la tête d'une entreprise dont la situation était désespérée, sans auxiliaires, sans boussole, privé de tout point d'appui, eût jamais à lutter contre plus d'obstacles et de déchaînements de la part de ceux-là mêmes qui auraient dû l'encourager et le seconder dans l'intérêt commun?

J'avoue que, plus d'une fois, miné par les fièvres du pays et succombant sous des perplexités qui se renouvelaient sans cesse, je crus que ma raison allait m'abandonner avec mes forces. Dernièrement encore, mon médecin m'enlevait jusqu'à l'espoir de reconquérir jamais la florissante santé que j'avais apportée dans les Landes, heureux de n'y avoir pas laissé une vie si nécessaire à ma jeune famille.

Cependant, et c'est un témoignage que je puis me rendre, au milieu du trouble et des péripéties dans lesquels on me jetait, le courage ne m'a pas abandonné un instant, et mes efforts n'ont pas cessé un seul jour d'être dirigés dans les intérêts exclusifs de la Société, même alors qu'on m'accusait le plus vivement d'abandonner et de sacrifier ces intérêts. Mais n'anticipons pas.

J'ai les mains pleines de rapports et de lettres où l'on reprochait à mon prédécesseur de n'avoir rien entrepris pour sauver la Société. Un actionnaire qui, mieux que tant d'autres, a pu apprécier la situation d'une Compagnie dont, pendant dix ans, il fut le conseil, plaida les procès et visita les domaines, M. Talon, dans un travail très-étendu, déclarait, en 1852, que, dans cinq ans, la dette sociale serait de 1.500,000 fr., si on ne recourait pas à *des nouveautés, à une application de nos matières, à une verrerie, une papeterie, quoi que ce soit, enfin,* pour échapper à une mort qui, sans cela, devenait inévitable. Il s'indignait de n'avoir pu parvenir à faire comprendre ses idées à M. Levavasseur.

M Levavasseur est un homme trop intelligent pour avoir consacré seize années à l'administration de la Compagnie sans s'être parfaitement rendu compte de sa position. Il avait reconnu l'impossibilité de rien entreprendre, en fait d'améliorations agricoles, de rien créer en fait d'industrie, sans des capitaux considérables ; et comme, depuis huit ans, il se trouvait littéralement dans le cas de suspension de payements, il craignait de provoquer et de déterminer la faillite en se lançant dans une voie de dépenses qui lui paraissait doublement dangereuse. Sa détresse, d'ailleurs, était si grande qu'il laissait tomber en ruine les moulins, les métairies, ainsi que les bâtiments de la forge, dont une partie faillit un jour l'écraser dans sa chute. Derrière les moyens héroïques, il entrevoyait une mort violente pour la Société, et il préférait la voir expirer tout doucement sous ses yeux. Son tort est de n'avoir pas provoqué la liquidation le jour où il se trouva dans la nécessité de suspendre le payement des intérêts de la dette. Le passif social ne dépassait pas alors 900,000 fr., et les Actionnaires auraient eu la chance de se partager près d'un million. Depuis cette époque, la dette s'est accrue de moitié, et la propriété s'est dépréciée de plus de 500,000 fr.

Ne pouvant débuter dans mon administration par une demande en dissolution, que la saine raison semblait exiger, je crus de mon devoir de recourir à ces moyens héroïques, repoussés par mon prédécesseur, et de tenter, même par l'empirisme, de rendre la vie à une société qui était à la veille de tomber en décomposition.

Je le reconnais aujourd'hui, les chances de succès étaient peu nombreuses, d'autant plus que j'étais loin de pouvoir satisfaire aux vœux de M. Talon en opérant dans des proportions suffisantes. Mais bientôt les mêmes clameurs qui s'étaient élevées contre l'inertie de mon prédécesseur, s'élevèrent plus violentes contre mon activité. Aux yeux de la majorité, je fus un ignorant, un extravagant qui compromettait la fortune sociale, jusqu'au jour où la commission d'enquête vint proclamer devant vous, Messieurs, que vos Délégués n'avaient pas su apprécier mes travaux, qu'ils s'étaient laissés égarer par la passion et de fausses indications, et, enfin, qu'ils n'avaient même pas compris la nature et la valeur des machines dont ils me reprochaient l'emploi.

En mai 1855, je me sentais fléchir sous mon fardeau, faute d'un concours efficace, quand un sylviculteur habile offrit, spontanément, de venir se consacrer à l'aménagement et à l'exploitation de vos forêts. Il bornait ses prétentions à 2,000 fr. d'appointements, jusqu'à ce qu'il eût fait ses preuves. Présenté par M. Desportes, accueilli par M. de Saint-Priest, alors Délégué, agréé tout d'abord par le Président du Conseil, son admission devenait certaine, quand M. Richard entreprit de la faire échouer, y voyant sans doute un obstacle à la position personnelle qu'il ambitionnait. Ce sylviculteur fut signalé par lui à M. le duc, comme atteint et convaincu d'une erreur grave en physiologie végétale, dans un article sur la culture du pin, publié par le *Moniteur du Loiret*. L'honorable Président se trouva, il faut le croire, parfaitement compétent pour prononcer, en dernier ressort, sur une question toute scientifique, car il ne voulut plus entendre parler du candidat présenté par la majorité de la délégation.

J'ai sous les yeux une lettre que ce candidat repoussé, qui se nomme M. Demaudy, si j'ai bien lu sa signature, adressait à M. le duc pour lui démontrer que M. Richard avait tiré les conséquences les plus fausses de son article. Cette lettre, je l'avoue, a porté la conviction dans mon esprit; elle m'a fait vivement regretter qu'on ait privé la Compagnie du concours d'un homme spécial qui, pour elle, eût été une bonne fortune, et pour moi un coopérateur très-précieux. Ce sylviculteur eût mis en lumière les traités Hébert-Ollivier et Delage, qui ont donné lieu à tant de suppositions calomnieuses, où l'ignorance le dispute à la passion. M. Richard et M. le duc n'ont pas voulu me laisser la satisfaction d'opposer à mes détracteurs un homme qui, témoignant de la vérité en parfaite connaissance de cause, eût dispensé d'une expertise et d'une enquête que je provoquerai tout à l'heure.

Mais je m'aperçois, Messieurs, qu'en développant devant vous l'historique de mon administration, et en vous faisant assister successivement aux phases diverses par lesquelles votre Société a passé depuis quelques années, mon rapport atteindrait des proportions démesurées. D'ailleurs, à quoi servirait de suivre une à une les imputations articulées contre moi dans le rapport de MM. Desportes et Richard, puisqu'en répondant aux dix articles qui les résument toutes, il ne restera plus rien qui vaille la peine d'être réfuté? Je passe donc à cette réponse.

Nous voici, Messieurs, arrivés à la partie de mon rapport qui m'embarrasse le moins. Pour le prouver, je vais intervertir l'ordre des articles, et aller de dix à un, au lieu d'aller de un à dix, parce que j'ai hâte d'aborder le dernier article, relatif à ma lettre du 1er juin 1855, laquelle paraît avoir servi de base et de point de départ à tous les odieux propos dont je suis l'objet. Avant cette lettre, dans les assemblées, dans le Conseil, dans la correspondance, tout le monde se trouvait d'accord pour rendre justice à la loyauté et au désintéressement du Gérant. Quel dommage, disaient mes adversaires, que M. de Challemaison soit notoirement extravagant et incapable dans son administration, c'est un si honnête homme! Depuis cette lettre, on n'a plus craint, Messieurs, de vous affirmer que j'avais malversé, que j'avais spolié la Compagnie en trafiquant de ses intérêts à mon profit. Je vais livrer à votre tribunal, pour que vous les jugiez avec clémence, ceux qui m'ont jugé moi-même avec si peu de charité.

ACTE D'ACCUSATION EN DIX ARTICLES.

Nous avons, disent MM. Richard et Desportes, tous les moyens de nous débarrasser d'un gérant provisoire dont les malversations sont manifestes, et nous vous résumons ici tous les griefs qui pourront être articulés devant les arbitres chargés de nous juger.

C'est le 14 avril que vous aviez tous les moyens de vous débarrasser d'un Gérant provisoire, ô Délégués véridiques et désintéressés! Ses malversations étaient manifestes, et cette fois M. Richard, par un effort héroïque sur les sentiments de son cœur, attachait lui-même le *grelot*, pour me servir de son expression, et le faisait *sonner* devant l'Assemblée. Il soulevait ainsi la réprobation générale contre celui qui l'avait présenté à M. le duc, à titre d'ami, pour jouer un rôle d'actionnaire.

Huit mois se sont écoulés, depuis que l'on a signifié son expulsion à cet odieux Gérant atteint de malversations manifestes, et l'on n'a pu encore se débarrasser de lui. La justice n'existe donc plus en France? Quoi! ni M. de Belleyme, ni le tribunal de première instance de la Seine, ni aucun tribunal n'a voulu sanctionner l'arrêt rendu par les Délégués! C'est à n'y pas croire. MM. Desportes et Richard sont confondus. Ils vont l'être bien davantage en reconnaissant qu'ils ont pu, par leurs manœuvres, déterminer la ruine de la Société sans ébranler la position du Gérant, qui conserve sur eux cet avantage immense de n'avoir rien à se reprocher, pas même la plus légère atteinte portée à la vérité dans le cas de légitime défense où on l'a placé. C'est ce que va démontrer l'examen des dix articles accusateurs.

Article 10 (page 33 du rapport).—*Aveu écrit de la complicité de M. de Challe-*

maison dans le marché Hébert, qui pourrait faire craindre que dans les derniers marchés il y ait même complicité et même abandon de vos intérêts au profit de celui qui était chargé de les défendre.

Cet *aveu écrit*, le voici tel que je le trouve reproduit dans la *simple note* adressée aux juges consulaires par les représentants du Conseil de surveillance.

Pontens, le 1er juin 1855.

Monsieur le duc,

« Le seul désir de conserver votre estime, en avouant un tort que je sais reconnaître, me fait un devoir de vous faire connaître, par l'entremise de M. Desprez, sous quelle impression j'ai agi en louant la forge, la participation qu'il m'a fallu prendre personnellement, à cet égard, pour sauvegarder les intérêts de la personne qui me disait se dévouer pour moi.

« Cet aveu fait, je tiens à vous prouver que, dans tout ce qui a eu lieu, à l'égard de M. Hébert, j'ai toujours sauvegardé les intérêts de la Compagnie.

« J'ose espérer que vous ne me jugerez pas aussi sévèrement que je me juge moi-même et ne douterez pas de ma sincérité.

« A M. LE DUC DE DOUDEAUVILLE. »

Voici maintenant l'explication ; j'ai la confiance qu'elle ne laissera subsister aucun doute dans l'esprit de tout homme de bonne foi.

A la fin de décembre 1854, M. Hébert, sur mon appel, formulé dans une lettre que j'avais communiquée au Conseil, se présenta à Pontens pour louer votre forge à laquelle, depuis dix mois, il s'efforçait d'assurer un nouveau combustible. On m'avait mis dans une position si difficile que je me trouvais dans l'alternative d'accepter sa proposition et de subir ses conditions, ou de fermer votre usine. En effet, dans la précédente Assemblée, sur le rapport des Délégués, les Actionnaires avaient reconnu que, notamment depuis dix ans, la forge occasionnait une perte de 56,000 fr. Pour se soustraire à ce désastre annuel, les uns voulaient qu'elle fût immédiatement abandonnée, les autres qu'on lui trouvât sans retard un fermier. Nul n'admettait qu'elle pût être exploitée plus longtemps par la Compagnie. Mes expériences pour la carbonisation de la tourbe, en occasionnant des dépenses dont la forge était la cause, ajoutaient à la réprobation qui pesait sur elle, et soulevaient contre mon administration une opposition chaque jour plus violente.

Cette situation, que n'ignorait pas M Hébert, lui donnait un très-grand avantage dont il s'efforça de profiter comme tout industriel eût fait à sa place. Cependant, les conditions de son bail ne différaient pas essentiellement de celles du fermier actuel. Il payait le même prix, et, s'il jouissait de divers avantages refusés à ce dernier, il avait de plus que lui des charges énormes, puisqu'il devait dépenser près de 80,000 fr. pour restaurer les bâtiments et le matériel de la forge, tombant en ruine. MM. Espérou ont été entraînés eux-mêmes à dépasser de beaucoup le chiffre des dépenses qu'ils avaient envisagées, et, s'ils se retiraient en 1858, peut-être la Compagnie aurait-elle à leur rembourser 20,000 fr.

MM. Espérou sont trois associés, exploitant depuis plusieurs années une forge voisine, à Ichoux. Il leur convenait de réunir sous la même administration, en profitant des mêmes frais généraux, une concurrence qui se trouvait à leur porte. Par ce moyen ils arrivaient, en quelque sorte, à faire la loi aux charbonniers de la localité. En un mot, le bail, à 12,000 fr. eût été plus avantageux pour eux qu'il ne l'était pour M. Hébert à 5,000 fr.

Après avoir arrêté, en présence de son conseil, toutes les clauses du bail, M. Hébert me prit à part pour me faire une ouverture dont je puis reproduire presque littéralement les termes. Il me dit :

« Que, s'il s'était rendu à mon appel, c'était dans mon intérêt autant que dans le sien, attendu qu'il voyait bien que la forge était pour moi une pierre d'achoppement dans mes rapports avec mes Actionnaires, et qu'en la louant il m'ôtait une énorme épine du pied pour la mettre peut-être au sien;

« Que, possédant personnellement de faibles capitaux, indispensables à ses ateliers de Champagne, il avait dû recourir à des bailleurs de fonds auxquels il était tenu de donner toutes garanties, à commencer par la garantie d'administration et de loyale surveillance;

« Qu'étant dans l'impossibilité absolue de consacrer plus d'un quart de son temps à la forge, tant qu'il n'aurait pas terminé ses opérations dans le nord, il lui fallait à Pontens un *alter ego* possédant l'expérience et l'intelligence nécessaires pour le suppléer, sans que les frais généraux fussent grevés par ce concours;

« Qu'en conséquence, la location ne pouvait avoir lieu qu'autant que je consentirais à être cet *alter ego*, vu que je pouvais seul lui inspirer une entière confiance; et, comme il lui importait que mon concours fût obligatoire, il exigeait que j'acceptasse une part dans les bénéfices qu'il s'était personnellement réservés dans l'opération. »

Je lui fis remarquer que ma position de Gérant rendait pour moi son offre inacceptable sous tous les rapports, à moins qu'elle ne fût préalablement soumise aux Actionnaires pour obtenir leur agrément.

Il me répondit que si je faisais intervenir les Actionnaires dans la question, tout devenait impossible, leurs mauvaises dispositions à mon égard ne permettant pas de douter des interprétations désobligeantes qui se produiraient aussitôt contre lui et contre moi.

« Ma combinaison, ajouta-t-il, n'a aucun inconvénient pour votre Compagnie. Sa forge la ruine, et elle se déshonore en l'abandonnant, si elle ne paye pas de grosses indemnités aux ouvriers ; il faut donc qu'elle loue. Il est peu probable qu'un autre fermier se présente, ou qu'elle en obtienne de meilleures conditions.

Le concours que je vous demande sera la continuation de celui que vous donniez, mais réduit des trois quarts, vu que le Gérant de la Compagnie des Landes n'aura plus ni préoccupations, ni responsabilité, et que je serai officiellement représenté, en mon absence, par M. Daunesse, à qui je remettrai une procuration générale. S'il y a bénéfice, vous pourrez facilement en faire profiter vos Actionnaires sans qu'ils s'en doutent; s'il y a perte, et que je ne puisse tenir, votre Société profitera du capital que j'aurai enfoui dans son usine. »

Après vingt-quatre heures de réflexions, sûr de moi-même, je me décidai à accepter la proposition de M. Hébert, et le bail fut signé.

Néanmoins, ce bail, attaqué avec plus de vivacité que de sincérité par ceux qui s'étaient faits mes adversaires, me pesait à tous les titres; aussi, le 11 mai, quand M. Edwards vint à Pontens et me remit, en présence de MM. les Délégués, une lettre de M. Hébert qui demandait à résilier son bail, j'en éprouvai la plus immense satisfaction; d'abord, parce que cela me tirait de la position qu'il m'avait fallu accepter pour assurer la location; ensuite, parce que j'avais acquis la conviction que MM. Espérou se rendraient volontiers fermiers, et qu'en outre j'étais certain de trouver le placement de nos charbons à un prix plus élevé que celui dont M. Hébert devait nous tenir compte.

J'adhérai donc avec empressement à la demande de M. Hébert, laissant aux Délégués et au Conseil de surveillance la faculté de régler eux-mêmes les conditions de la résiliation. Dans sa séance du 19 mai, le Conseil adopta, à l'unanimité, celles que proposait M. Hébert, et la question du bail de la forge se trouva ainsi complétement et irrévocablement vidée avec celui-ci.

Retenu à Paris en mars et avril par la lutte engagée avec l'ancien Conseil, absorbé en mai par les Délégués et les affaires arriérées à Pontens, ce fut le 1er juin seulement que je pus un instant m'appartenir, et j'en profitai pour accomplir un devoir imposé au moins une fois l'an.

Je suis forcé d'entrer ici dans un détail intime que M. le duc de Doudeauville m'eût épargné, si ses mauvaises dispositions à mon égard lui avaient permis de consulter ses sentiments religieux qui l'auraient sûrement éclairé à l'endroit de ma lettre du 1er juin.

Au lieu d'écrire : *Mu par un sentiment dont il est difficile de se rendre compte,* vos commissaires pouvaient tout aussi bien faire ce simple raisonnement : M. de Challemaison s'accuse d'une faute qui, n'ayant eu ni effet ni trace, et se trouvant déjà ensevelie dans le passé, n'a pu occasionner aucun mal. Rien, absolument rien, ne nécessitait cet aveu. Sa lettre, à moins d'être un acte de folie, est donc évidemment un acte d'humilité, inspiré par le directeur de sa conscience, aux appréciations duquel il aura cru devoir se soumettre.

En effet, il suffit de lire ma lettre avec attention pour reconnaître à sa contexture qu'elle a été dictée. Je n'ai rédigé que le deuxième paragraphe où j'ai tenu à consigner cette vérité que les intérêts de la Compagnie ont été complétement sauvegardés par moi. Ma réticence sur un seul point du bail ayant été jugée très-sévèrement, j'ai dû courber la tête et accomplir, à cet égard, la pénitence qui m'était imposée.

Je fis part, au mois de février, de l'incident de cette lettre à un de mes amis dont la foi ne va pas jusqu'à la pratique. Après avoir reçu ma confidence, il m'engagea vivement à ne faire connaître à personne un fait qui, selon lui, devait me rendre ridicule. Il me dicta même une explication qui lui semblait toute naturelle. J'ai consulté, en dernier lieu, celui qui seul a droit à mon intime confiance, et il m'a fait comprendre qu'on ne saurait être ridicule en exposant, en toute sincérité, un devoir consciencieusement accompli. Je viens de suivre ses inspirations.

S'il est parmi vous, Messieurs, des *esprits forts*, j'aurai sans doute amené le sourire sur leurs lèvres; mais il me suffit de l'estime de ceux qui auront approuvé les motifs de ma lettre du 1ᵉʳ juin.

ARTICLE 9. — *Cautionnement non fourni par le Gérant, qui n'est pas même actionnaire.*

Dans ma lettre à l'Assemblée du 5 mai, je répondais à ce reproche, page 4 :

« On allègue que je n'ai pas de cautionnement. L'acte authentique qui m'a institué Gérant m'obligeait, comme mon prédécesseur, à déposer deux actions. Ce dépôt devait être fait par mon honorable patron, M. le duc de Doudeauville, qui a déposé bon nombre d'actions pour les amis que je lui ai présentés sur sa demande. S'il a oublié de déposer les deux miennes, il m'est bien facile d'y suppléer. Vous devez vous rappeler, Messieurs, que l'un de vous, M. Talon, proclamait, l'année dernière, en pleine Assemblée, que pour 500 fr. on pouvait acheter cent actions.

« Il n'y a de bien réel dans la COMPAGNIE DES LANDES que son passif de 1,200,000 fr., et ce passif, dont je suis personnellement responsable, n'est-il pas le plus lourd de tous les cautionnements que puisse subir un gérant? »

Cette réponse doit suffire. J'ajouterai cependant que si le dépôt des deux actions ne s'est pas réalisé, malgré la promesse de M le duc de Doudeauville, je suis prêt à l'effectuer dès que je pourrai croire qu'on tient sérieusement à l'accomplissement d'un acte qui ne serait plus aujourd'hui qu'une puérile formalité.

Dans tous les cas, je ne devais pas m'attendre à me voir adresser par M. Richard le reproche de *n'être pas même actionnaire*. Et lui?

ARTICLE 8. — *Démission donnée par lui entre les mains de notre Président, et lettre qui accompagne cette démission.*

Je crois avoir suffisamment fait connaître sur quelles instigations et à quelles fins cette démission fut remise entre les mains du Président actuel. M. le duc de Doudeauville ne saurait nier aucune des particularités que j'ai affirmées, pas plus qu'il ne peut mettre en doute le témoignage renfermé dans la lettre suivante, qui me fut adressée à mon hôtel, à Paris.

« Vendredi, 30 mars.

« Le duc m'a fait prier d'aller le voir ce matin, et m'a dit que, pour lui as-
« surer la victoire, vous deviez déposer en ses mains votre démission dans les
« termes qu'il a tracés au crayon sur le papier ci-inclus. Le moyen m'a paru
« quelque peu héroïque, vu qu'il le rend, avec les Délégués, arbitre de votre
« destinée de Gérant. Mais le duc m'a affirmé que vous ne pouviez rien avoir
« à redouter de lui dont vous êtes l'œuvre, et que les trois Délégués, si nous
« triomphons de l'opposition, seront nécessairement M. Desportes, votre ami
« Richard et moi-même.

« Votre démission n'est dès lors qu'une arme de guerre pour aider le duc
« à reconquérir cette présidence, objet de tous ses vœux. Si donc vous accé-
« dez à son désir, je vous engage à aller directement lui remettre votre démis-
« sion pour vous donner le mérite d'une confiance absolue. Vous effacerez
« ainsi de son esprit le souvenir de la malencontreuse séance du Conseil de
« surveillance où vous avez renié votre patron ducal, comme saint Pierre
« renia Notre Seigneur. Pierre fut pardonné; mais vous n'avez pas comme
« lui entendu chanter le coq.

« DE SAINT-PRIEST. »

Peut-être on me dira qu'ayant mal placé ma confiance en M. le duc de Doudeauville, je dois en subir les conséquences, et que ma démission est définitivement acquise à la Société, qui en a pris acte.

Dans ce cas, je discuterai la valeur de cette démission, et j'en démontrerai la
nullité par les considérations suivantes :

1° La démission est sans date. Elle n'a pu en acquérir une que par l'enregistrement, qui a eu lieu le 23 avril 1856. Or, le 28 janvier précédent, elle
avait été retirée par moi dans les termes les plus formels, dans le rapport que
j'adressai au Conseil de surveillance, et qui vous a été distribué, Messieurs,
dans une de vos précédentes assemblées. L'existence de ce rapport ne peut être
contestée, puisque MM. les Délégués y ont répondu dans leur propre rapport
du 14 avril. Si l'on venait à nier que le mien ait précédé la lettre du 1er mars,
où M. le duc me signifie que ma démission est acceptée, j'établirais la date
de ce rapport par le dépôt que mon imprimeur en a fait à la direction de la
librairie, à la fin de janvier.

2° Pour que ma démission ait de la valeur, il faut qu'elle soit un contrat
liant également les parties, et ne pouvant être divisé. Dès lors, M. le duc et
MM. les Actionnaires, qui sont une des parties, n'auraient pas le droit de m'imposer l'exécution du contrat en n'exécutant pas eux-mêmes la condition mise
à ma démission. Cette condition est formelle et très-légitime; elle impose l'o-
bligation de me *décharger de toute responsabilité personnelle vis-à-vis les créanciers.* La démission ne saurait donc être invoquée contre moi, tant qu'une dé-

charge en bonne forme, signée par tous les créanciers, ne m'aura pas été présentée. M. le duc et les Délégués n'y ont pas seulement songé. Ils ont trouvé plus commode de dire au Gérant : « Vous ne nous convenez plus ; allez vous-en, et emportez dans votre retraite la responsabilité d'un passif de 1,200,000 fr. »

Ainsi, le Gérant laisserait à des hommes qu'il ne connaît pas, et qui n'auraient peut-être aucun titre à sa confiance, le droit de disposer du gage formant sa garantie, et qui pourrait, dans leurs mains, perdre considérablement de sa valeur. Quel est celui de vous, Messieurs, qui, à ma place, consentirait à subir une pareille position ?

3° La considération la plus puissante, celle qui paraît avoir influé d'une manière décisive sur la sentence de M. de Belleyme, et sur le jugement du tribunal de première instance, c'est la démonstration qui leur a été faite qu'un Gérant de la Compagnie des Landes ne peut donner sa démission que dans les mains d'un collègue ; ainsi le veut le pacte social. Pour que ma démission fût régulière et valable, il faudrait que j'usasse d'abord de mon droit de nommer un co-Gérant : une fois celui-ci en exercice, je pourrais résigner mes fonctions entre ses mains.

En voilà assez pour montrer toute l'inanité de cette démission et de cette destitution dont on a fait tant de bruit. Ainsi que ma lettre du 1er juin, ma démission restera comme une arme brisée entre les mains de M. le duc de Doudeauville, en lui laissant le remords d'en avoir usé d'une manière si peu honorable pour son caractère, et si désastreuse pour la Compagnie.

Quant à la dénomination de *Gérant provisoire* dont on se complaît à émailler toutes les circulaires émanées de l'officine de la rue Villedo, c'est encore un de ces ingénieux moyens imaginés depuis quelques mois contre la gérance. Battus de tous côtés sur les faits, il est bien naturel que mes adversaires cherchent à se dédommager par des mots et par des inventions de toute sorte. Je reconnais qu'à cet égard ils sont inépuisables.

Si je ne craignais d'être indiscret et de leur causer quelque embarras, je les prierais de me dire ce qu'ils entendent par un Gérant provisoire ? S'il arrivait qu'ils possédassent une idée à cet égard, je serais charmé de la connaître, ne fût-ce que pour savoir le terme qu'ils assignent au provisoire. Si je suis *Gérant provisoire* jusqu'au jour où l'on me produira le *quitus* de tous les créanciers, je fais des vœux sincères pour que ce jour luise demain.

Mes antagonistes seraient plus exacts en ajoutant aux qualifications de Gérant provisoire, de Gérant démissionnaire, de Gérant destitué, celle de Gérant éphémère, car ils peindraient d'un mot la situation qu'ils ont faite à la Société.

Les habiles ont cru trouver un bon argument en rappelant que ma nomination n'a jamais été définitivement ratifiée par l'Assemblée générale, qui n'a fixé ni mon traitement ni mon cautionnement. Il y eut deux Assemblées, en 1854 ; les 18 février et 23 mai. Ma situation de Gérant, qui depuis près d'un an était un fait accompli, y fut parfaitement acceptée, commé le démontre le rapport de la Commission d'enquête. Si un vote spécial n'a pas été consigné dans les procès-verbaux, on ne peut m'en rendre responsable, vu que cela regardait le Président et le Secrétaire, chargés, l'un de diriger les délibérations, l'autre de les enregistrer. Du reste, on ne trouvera pas un mot dans les procès-verbaux de 1854, non plus que dans ceux de 1855, qui indique que la Société se trouvait *provisoirement* administrée. Dans tous les cas, on ne fera admettre par aucun tribunal, qu'une société ait le droit de prendre un gérant à l'essai pour le congédier ensuite avec la responsabilité d'un passif de 1,200,000 fr.

Or, voici les termes de l'engagement qu'on me fit prendre le 22 juin 1853, jour où je fus investi de la Gérance :

« Je soussigné, après avoir accepté le poste de Gérant principal de la Com-
« pagnie d'exploitation et de colonisation des Landes de Bordeaux, déclare faire
« abandon sur mes appointements, et par année, de la somme de 4,000 fr., et
« me repose sur MM. les Actionnaires du soin de rétablir mon traitement au
« chiffre de 10,000 fr., dès que les ressources de la Compagnie se seront ac-
« crues d'une manière satisfaisante. »

Cette pièce établit formellement que j'ai accepté les fonctions de Gérant principal et non provisoire. Si on la conteste, je m'en applaudirai, parce qu'aussitôt je ferai le rappel de mes appointements de 10,000 fr., et ce sera justice.

ARTICLE 7. — *Assignation donnée par lui pour mettre en liquidation la Société qu'il devait défendre et protéger.*

C'est précisément pour défendre et pour protéger la Société contre ceux qui veulent s'en emparer afin de l'exploiter à leur profit, que j'ai demandé la liquidation. J'ai voulu la soustraire à l'expropriation forcée, machinée dans le Conseil de surveillance par les manœuvres que j'ai signalées, et qui serait aujourd'hui un fait accompli sans mon intervention du 12 août, devant le tribunal de Mont-de-Marsan, où j'ai déconcerté les plans des Montmorency-Doudeauville.

La liquidation peut encore offrir, en ce moment, des chances favorables aux Actionnaires, chances qui s'affaiblissent chaque jour ; mais, ni présentement ni plus tard, il ne leur restera rien s'ils sont expropriés par M. Dupont.

ARTICLE 6. — *Refus complet d'admettre aucun contrôle du Conseil de Surveillance.*

Ce que vous appelez le contrôle du Conseil de surveillance, je l'appelle, moi, l'intervention des Délégués dans tous les actes de la gérance. Cette intervention a constamment porté la perturbation dans les affaires de la Société ; elle est devenue désastreuse chaque fois qu'une pensée personnelle s'est emparée de la délégation, et ce cas s'est toujours produit depuis trois ans, ainsi que l'attestent tous les faits qui vous ont été signalés, et dont, malheureusement, les Actionnaires sont toujours disposés à tenir trop peu de compte, quand c'est le Gérant qui s'efforce de les éclairer.

Sans vouloir contester la valeur scientifique de M. Richard, très-réelle en ce qui concerne les haras, je maintiens que toutes les observations qu'il a faites dans les Landes et tous les moyens de rénovation radicale qu'il a indiqués, sont des utopies qui auraient entrainé la Compagnie à sa ruine, si elle s'était trouvée en position de les appliquer. A la suite d'un examen superficiel, sans éléments d'appréciation et sans expérience pratique, on ne saurait arriver dans les Landes qu'à des combinaisons artificielles. Les 3,000 fr. qu'il a reçus ne profiteront qu'à M. Richard, car cette dépense restera complétement stérile pour la Société.

Comment pouvais-je admettre l'intervention de Délégués dont les idées me semblaient incompatibles avec les intérêts de la Compagnie, surtout quand ces messieurs manifestaient à mon égard des dispositions dont leur rapport du 14 avril a démontré toute l'animosité?

ARTICLE 5. — *Renvoi d'employés honnêtes pouvant offrir quelques garanties par leur moralité.*

Ici, encore, MM. les Délégués sortent de la vérité en affectant d'improuver un acte qu'à ma place ils eussent dès longtemps accompli.

Ils sortent de la vérité, en me reprochant d'avoir renvoyé *des employés*, ce qui veut dire plusieurs, et laisse supposer que je possède un nombreux personnel. Or, en dehors des gardes, des muletiers, des agents de l'atelier résineux et du canal, je n'ai jamais compté, dans toute mon administration, que deux personnes ayant droit au titre d'employé : le garde général et le comptable-caissier. Les Délégués eussent parlé plus exactement en me signalant comme coupable d'avoir renvoyé la moitié de mon administration, dans la personne de M. Benazet, garde général.

M. Benazet devait paraître *honnête* à ces messieurs, car ils profitaient de sa *moralité*, laquelle consistait à correspondre avec l'un d'eux, à mon insu, par l'entremise d'une tierce personne. Quand on est animé d'intentions honnêtes on n'a pas besoin d'entourer ses actes de ténèbres.

Depuis mon arrivée dans les Landes, je me suis parfaitement habitué aux délations provoquées autour de moi par tous les moyens. Les derniers Délégués n'ayant fait, à cet égard, que continuer l'œuvre de leurs prédécesseurs et de M. Dupont, j'aurais laissé M. Benazet chercher, dans l'honnête métier de délateur, son plaisir ou son profit, sans m'en inquiéter le moins du monde, s'il avait rempli ses fonctions de garde général d'une manière utile pour la Compagnie. Mais, depuis qu'il avait contribué à m'induire en erreur dans le marché de 100,000 fr., sur le cubage des arbres qu'il s'agissait de vendre, d'abord à la Compagnie du Midi, puis à M. Hébert, il avait pu remarquer que je supportais chaque jour plus difficilement sa brutalité démesurée vis-à-vis des gens du pays, brutalité qui nous exposait à des incendies comme celui qui, l'an dernier, consuma un certain nombre d'hectares.

En blâmant le renvoi du garde général, les Délégués ne sauraient être sincères, car M. Richard, qui l'a vu souvent à l'œuvre, m'a déclaré qu'il le trouvait de la dernière incapacité, et c'est la première réforme qu'il eût faite, s'il fût devenu, selon ses vœux, directeur général de l'exploitation.

Ce renvoi d'un employé dubitativement honnête, mais évidemment incapable, qu'on m'impute à crime pour justifier ma destitution arbitraire, donne la mesure de la liberté d'action que le Conseil de surveillance et les Délégués, irresponsables, accordaient, Messieurs, à votre Gérant sur qui seul pèse toute la responsabilité. Je vous le demande, une société en commandite était-elle possible dans de pareilles conditions ?

ARTICLE 4. — *Marché Delage des 52,000 pins.*

Pour faire éclater les tempêtes laborieusement amassées sur mon administration, on n'attendait plus qu'une occasion favorable ; le marché Delage vint l'offrir.

Ce traité ne vous étant connu, Messieurs, que par des rapports malveillants où l'on a dénaturé les faits, je me vois dans la nécessité d'entrer dans de grands développements pour bien établir la vérité. Il me sera facile de vous faire comprendre que mes détracteurs pèchent, cette fois, par ignorance encore plus que par mauvaise intention.

Veuillez, Messieurs, vous rappeler que dans l'Assemblée du 23 mai 1854, les anciens Délégués vous lurent, au nom du Conseil comme au leur, un rapport que le procès-verbal résume en ces termes :

« Il démontre (le Délégué rapporteur), par des calculs fort précis, qu'il y aurait avantage réel pour la Société à adopter un système d'abattage extraordinaire de pins, laquelle opération pourrait se faire en deux parties : 80,000 pins d'abord, et 60,000 ensuite. Il termine en engageant les actionnaires à autoriser le Gérant à procéder à ladite opération.

« Le Gérant ayant déclaré qu'il adoptait les mesures proposées, et qu'il s'ENGAGEAIT A LES REMPLIR. l'Assemblée, approuvant unanimement le rapport, et adoptant ses conclusions, autorise le Gérant à exploiter extraordinairement 80,000 pins. »

Dans ce rapport *unanimement* approuvé, les Délégués avaient posé en principe que je devais chercher des acquéreurs pour les 80,000 pins, et qu'à leur défaut il fallait que je procédasse moi-même à l'exploitation, sauf à me créer d'abord un fonds de roulement par un premier abattage de 10,000 arbres.

Les faits accomplis en 1855 et 1856 par les marchés Hébert-Ollivier et Delage, ont été la conséquence naturelle et forcée de l'autorisation par vous donnée, Messieurs, dans la séance du 23 mai 1854. Dans cette circonstance, le véritable Gérant ce n'était pas moi, car je me bornais à prendre l'engagement de faire exécuter vos décisions. Les ai-je bien ou mal comprises, bien ou mal exécutées ? C'est là uniquement ce que nous avons à examiner.

Pendant les six derniers mois de 1854, je me livrai aux démarches les plus actives pour placer nos 80,000 pins, en profitant des besoins que faisait naître

3

la ligne de Bordeaux à Bayonne, qui s'établissait à cette époque. J'eus de fréquentes entrevues et j'échangeai diverses lettres avec M. Flachat, alors ingénieur en chef de la Compagnie du Midi. Il venait d'introduire dans sa voie les longuerines 22/27 et 13/30, pour lesquelles il faut des arbres de grande dimension. Ces arbres ne sont pas très-nombreux dans la Lande, et nous avions de bonnes chances à cause des gros pins de Castéja. Cependant, la distance de ce domaine aux gares du chemin de fer, ne permit pas de trouver d'acquéreur, et j'en étais réduit à soumissionner directement, quand je fus arrêté par l'impossibilité de réunir le capital nécessaire à l'exploitation.

Ce fut alors que M. Hébert, après avoir fait ses calculs, me déclara qu'il pourrait payer 100,000 fr. les bois que j'avais destinés à cette fourniture. Mais, ne connaissant pas les pins de la Compagnie, et ne pouvant songer à faire, dans nos forêts, une estimation qui lui aurait pris plusieurs mois, il ne voulut conclure de traité qu'autant que j'interviendrais dans le cahier des charges pour garantir les arbres nécessaires à la fourniture. Quiconque, à sa place, eût agi autrement aurait commis la plus insigne imprudence.

Immédiatement après la décision de l'assemblée du 23 mai, j'avais pris toutes les précautions humainement possibles pour arriver à me faire une idée exacte de la valeur de nos 80,000 pins, valeur que j'étais hors d'état d'apprécier par moi-même, me trouvant depuis trop peu de temps dans le pays. Je fis procéder à un inventaire dans lequel tous ces pins furent évalués un à un. Ce travail, confié aux hommes les plus compétents et les plus dignes de confiance, sur la désignation et sous la direction du garde général, M. Benazet, et avec le concours de tous nos gardes particuliers, dura plusieurs mois et offrit toutes les garanties désirables. Je n'admets pas qu'aucun délégué eût pu agir plus sagement. J'ai fait faire plusieurs copies de cet inventaire pour la délégation, le Conseil de surveillance et l'Agent comptable, et j'en tiens encore d'autres à leur disposition.

Ayant ainsi une base d'estimation des plus satisfaisantes, je pus dire à M. Hébert : Choisissez 14,000 pins parmi les 80,000 mis à mort, dont je vous présente l'état. Mon maître charpentier et mon garde général se sont assurés que ces 14,000 pins vous produiraient le nombre de mètres cubes qu'exige la fourniture; je vous les vends en vous certifiant qu'il ne vous en faudra pas davantage. Je les accepte, me répondit M. Hébert, mais avec votre garantie. Je la donnai sans hésiter, ayant pleine confiance dans le témoignage de mes Agents. Refuser cette garantie, c'était renoncer aux 100,000 fr. dont la Société avait un extrême besoin; c'était manquer encore un placement de nos bois, après déjà tant de démarches infructueuses.

Quelques mois plus tard, M. Hébert se trouva dans la nécessité, par suite de sa position financière, de céder son marché à M. Ollivier, qui, en prenant son lieu et place, lui affecta 15 p. 100 sur les bénéfices présumés, avec garantie d'un minimum de 8,000 fr., vu que M. Hébert devait cette somme à l'opération, et qu'il ne pouvait la rembourser. Ses 15 p. 100 ne dussent-ils produire que 3,000 fr., et il est plus que douteux qu'ils les produisent, les 8,000 fr. lui restaient acquis.

Pour éviter des frais de transfert et d'enregistrement, on dressa un nouveau cahier des charges au nom de M. Ollivier. Le renouvellement de ma garantie fut exigé par celui-ci et par la Compagnie du Midi, laquelle y avait également droit par suite d'un abaissement de tarif qu'elle m'avait concédé pour s'assurer ses longuerines.

Ici commencent des complications d'où l'on s'est efforcé de faire ressortir un motif de blâme contre moi. Je dois avouer qu'un moment j'ai failli me mettre en lutte avec ma conscience, mais c'est en m'obstinant, Messieurs, à faire prévaloir, injustement, vos intérêts contre ceux de M. Ollivier.

On avait généralement considéré le traité Hébert comme une vente de 14,000 pins, sans faire attention à ma garantie. Bien persuadé que ce nombre d'arbres ne serait pas dépassé, j'avais contribué moi-même à entretenir cette opinion, et je m'y complaisais, car j'étais glorieux d'un marché qui vous produisait, en moyenne, plus de 7 fr. par arbre, bien que les deux tiers, au moins, de ces 14,000 pins, fussent pris à Castéja et à Aureilhan, c'est-à-dire à 25 kilomètres des gares.

Je n'ignorais pas, cependant, que les Zoïles, trouvant ce prix trop faible, m'accusaient de déshonorer vos forêts. Mais je sais me mettre au-dessus des incriminations de ceux qui, comme M. Dupont, sont détracteurs par calcul et par nature. Du reste, il ne s'agissait pas de nos forêts proprement dites, mais des 80,000 pins dont la vente avait été prescrite par l'Assemblée de mai 1854, et qui, devenus improductifs, éprouvaient chaque année une déperdition sensible. Et puis, comment raisonner avec des gens qui se retranchent dans le for intérieur de leur ignorance pour soutenir qu'un pin de telle dimension vaut 10 fr., et qu'il ne peut valoir moins? A quoi servirait de leur démontrer qu'un pin, placé dans le voisinage d'une gare, vaudra 10 à 12 fr., tandis que, 25 kilomètres plus loin, ce même pin ne vaudrait pas 5 fr.? Ces gens-là, n'en doutez point, sauraient parfaitement ne pas vous comprendre.

Lorsque l'exploitation de M. Hébert eut commencé, et que je sus qu'à Castéja, où se trouvaient nos plus beaux arbres, il s'en rencontrait considérablement de gâtés, ne pouvant produire au débit, ou y produisant très-peu, je commençai à concevoir quelques inquiétudes sur le rendement des 14,000 pins. Or, comme au mois de mai MM. les Délégués se montraient persuadés que nous ne devions que ce nombre d'arbres, et M. de Saint-Priest plus encore que ses collègues, je m'étais laissé entraîner à partager cette opinion, et je manifestai hautement, dans une lettre du 27 juin, l'intention de refuser ma garantie sur le nouveau cahier des charges. Je persévérai dans ces dispositions jusqu'au mois de juillet, époque où M. Edwards vint me démontrer, d'une manière irréfutable, qu'en restant dans cette voie j'arrivais à un procès que je perdrais inévitablement, et qui jetterait de la déconsidération sur une Compagnie dont le Gérant aurait entrepris de contester sa signature.

J'avoue que la leçon me parut méritée, et que j'en éprouvai une certaine confusion. Les délégués, qui se montrent incessamment préoccupés du désir de me trouver en défaut, ont prétendu que lorsque je remis à M. Richard ma lettre du 10 août, qui invitait l'Agent comptable, nanti de mes pouvoirs, à reproduire ma garantie sur le nouveau cahier des charges, j'avais manifesté, la veille, une intention toute contraire; cette veille était le 27 juin. Du reste, que j'eusse reconnu mon erreur la veille ou depuis un mois, qu'est-ce que cela prouve? Étais-je légalement et loyalement tenu de maintenir ma garantie de février? Je réponds oui, en parfaite connaissance de cause comme en toute sincérité, et je défie les Délégués de dire non, dans les mêmes conditions.

Il est résulté de cette garantie que le nombre de 14,000 pins a été très-considérablement dépassé. Il faut imputer ce résultat, d'abord, au garde général et aux Agents qui se sont grossièrement trompés sur le rendement de vos arbres que je ne pouvais aller moi-même cuber en forêt; ensuite, à l'énorme quantité de pins qui se sont trouvés roulés, échauffés, gâtés, à Castéja où, depuis vingt ans, ils auraient dû être abattus. Si la Compagnie eût possédé dès longtemps un bon garde général, comme M. Demaudy, le protégé de M. Desportes, nul doute que ces graves mécomptes ne se fussent point produits.

Toutefois, Messieurs, il ne faut pas oublier que ma garantie au cahier des charges nous a valu un abaissement de tarif qui nous aurait produit 40,000 fr. en trois ans, si le Conseil et les Montmorency-Doudeauville n'avaient pas pris le soin de bouleverser la Compagnie. C'était donc un prix de 140,000 fr. que nous obtenions de nos arbres, ce qui nous en payait très-convenablement 25,000, en bon état de conservation.

Le marché Delage a été la seconde opération déterminée par la décision de l'Assemblée *législative* du 23 mai 1854. Près de deux ans s'étaient écoulés depuis cette décision sans que j'eusse pu parvenir à trouver le placement de tous les pins restés disponibles sur les 80,000 mis à mort par M. Levavasseur. Faute d'acquéreur, je m'étais décidé à en débiter une partie en planches. J'y travaillais, quand arriva, à Pontens, M. Delage, représentant des héritiers de Mornay. Il venait, en leur nom, me réclamer le payement d'une créance de 38,000 fr., en m'annonçant que la Compagnie ayant été mise plusieurs fois en demeure de s'acquitter, il avait ordre de procéder à la saisie immobilière s'il n'obtenait pas le remboursement.

Cette réclamation n'était point nouvelle pour moi, pas plus qu'elle ne l'est pour vous, Messieurs, car vos Assemblées en ont fréquemment retenti, et, pour ma part, j'en avais été assailli de tous les côtés. Les 18 et 22 juin, et le 2 juillet 1854, M. Dupont me transmettait, coup sur coup, les menaces de ces créanciers. Le 5 juillet, M. Coltat m'exprimait, à l'égard de ces menaces, les vives inquiétudes des Actionnaires.

Le 19 février 1855, M. de Saint-Priest me transmettait une lettre de M. Dupont où se trouve le passage que voici :

« La réclamation des héritiers de Mornay pour laquelle, j'ai écrit bien des « fois à M. de Challemaison, vient de se reproduire avec les plus pressantes « instances. On veut absolument capital et intérêts. C'est un objet de 38,000 fr. « environ, pour lequel M. de Challemaison a dû se mettre en mesure. Nous en « causerons bientôt, je pense, ainsi que D'AUTRES RÉCLAMATIONS ENCORE PLUS « CONSIDÉRABLES. »

M. Dupont laisse toujours percer le bout de l'oreille. On le voit jubiler dans sa barbe, à la seule idée qu'une saisie immobilière va être pratiquée par un tiers. Et, quand il craint de voir évanouir cette douce espérance, il s'offre à lui-même une consolation, en faisant briller dans le lointain son épée, plus meurtrière que celle de Damoclès, car il ne l'a pas tenue en vain suspendue sur la tête de votre infortunée Compagnie.

Donc, M. Delage venait me dire : 38,000 fr. ou la saisie !

D'un autre côté, à commencer par M. Coltat, chacun m'écrivait : « Prenez garde, si un créancier vient à pratiquer la saisie immobilière, tout est perdu.»

Vous comprendrez, Messieurs, que je ne me trouvais pas sur des roses. Il me semblait entendre M. Dupont, insultant à la misère de la Compagnie, répéter, avec ce sourire sinistre qu'on lui connaît : *C'est un objet de 38,000 fr. pour lequel M. de Challemaison* A DU SE METTRE EN MESURE. Véritablement, cet homme n'a pas d'entrailles.

Dans cette situation critique, il me vint une illumination. Je me demandai s'il ne serait pas possible de solder les héritiers de Mornay sans délier les cordons de notre bourse vide, et, en même temps, sans porter atteinte à l'actif social. M. Delage habite un pays où il se fait un immense commerce de planches de pins. Après plusieurs visites réciproques, nous parvînmes, en février, à arrêter des conventions réalisant la pensée que je viens d'exprimer. C'était donc un résultat merveilleux, car nous obtenions plus de 203,000 fr. de ces 52,000 arbres que je cherchais en vain à placer depuis deux ans, et que j'aurais cédé à 160,000 fr., sans faire un mauvais marché.

Précédemment, au mois d'octobre, M. Delage, sur le conseil de M. Desprez, arrivait à Pontens avec le désir d'obtenir un traité en présence des Délégués. Il ne rencontra que M. Richard, et lui soumit ses propositions pour qu'il me déterminât à les admettre. « Acceptez à ce prix qui est celui de Bordeaux, » me dit M. Richard. Je persistai néanmoins dans mon refus, et M. Delage partit sans que rien fût conclu. Le mois suivant, pendant que M. Desportes se trouvait à Pontens avec son fils, j'allai rejoindre M. Delage qui m'appelait à Bordeaux ; mais avant de quitter le Délégué, je lui avais soumis l'opération que je négociais.

Ce fut seulement le 20 février 1856 que je parvins avec M. Delage à un traité définitif. Absent de la Lande depuis trois semaines, j'étais à la veille d'y rentrer, quand je reçus des informations sur l'enquête que venaient de faire les Délégués à Pontens où ils s'étaient complétement démasqués.

Justement indigné d'une conduite qui avait pour but et pour effet de me déconsidérer au siége même de la Société, en sapant mon autorité de Gérant, et en me mettant à l'index devant mes subordonnés dont on provoquait les délations, j'adressai directement à l'agent-comptable de Paris le traité de l'atelier résineux et le traité Delage, en lui écrivant ceci, à la date du 26 février :

« Les Actionnaires, si indulgents pour mes prédécesseurs, à qui ils doi-
« vent tous les périls contre lesquels je lutte depuis trois ans, n'ont que de la
« méfiance et des calomnies pour moi qui me dévoue loyalement à leurs in-
« térêts.

« Une pareille situation me place dans l'alternative de résigner la Gérance,
« ou d'agir désormais selon mes seules inspirations, en me renfermant dans
« mon omnipotence de Gérant responsable, sans plus tenir compte des in-
« jonctions du Conseil de surveillance et des Délégués. Ils devront se réduire
« à m'exprimer des vœux et à exercer leur contrôle, sans entraver jamais ma
« liberté d'action d'où dépend le salut de la Compagnie. »

J'étais parfaitement dans mon droit, et je n'avais à me reprocher que de ne pas l'avoir exercé plus tôt.

La réponse des Délégués ne se fit pas attendre. Le 1er mars, ils me signifiaient, par l'organe du Président, que j'avais cessé d'être Gérant. Quant à la décharge de tous les créanciers qui m'était due, quant au successeur apte à recevoir la remise de mes pouvoirs pour que la Société continuât d'exister, pas un mot.

Cependant, c'était un fait d'une énorme gravité, que de décapiter ainsi la Société sans avoir pris aucune précaution pour sauvegarder ses intérêts, et sans me donner, à moi, aucun avis préalable. Comme il fallait que cette mesure n'eût pas l'air d'être prise ab irato, on lui chercha un prétexte, et on le trouva dans le traité Delage. Au lieu de recueillir d'unanimes félicitations, ce traité obtint, dans le Conseil, une réprobation unanime, et, dans leur rapport du 14 avril, les Délégués n'hésitent pas à le qualifier en ces termes :

« Nous le trouvons monstrueux en ce sens que :

« 1° M. de Challemaison vend 52,600 arbres à raison de 3 fr. et 3 fr. 50, quand, de notoriété, ils en valent, au moins, 7. Le marché Hébert en est la preuve. »

D'abord, vous dites 3 fr. et 3 fr. 50, quand vous savez parfaitement que le prix moyen est de 3 fr. 85. Pourquoi donc toujours déguiser la vérité ?

Ensuite, pour établir un prix de 7 fr., vous invoquez la notoriété. Mais vous n'ignorez pas que, dans les Landes, la notoriété est une menteuse dont vous ne devriez pas vous faire les échos.

En invoquant aussi le marché Hébert, vous ne prouvez qu'une chose, votre complète ignorance en matière de bois. Lorsque, sur 80,000 arbres, on a dû en choisir 30,000 pour une fourniture de chemin de fer et pour des planches, les

50,000 qui restent, dans lesquels se trouve tout le fretin, vous voulez qu'on puisse en tirer le même prix que des premiers arbres livrés au choix !.. En vérité, je suis humilié d'avoir à vous réfuter sur des questions si élémentaires.

Ne pouvant vous croire si infirmes d'intelligence, j'en suis réduit à penser que vous n'avez parlé ainsi devant les Actionnaires qu'afin de les amener plus sûrement à frapper le Gérant d'ostracisme. Cette opinion acquiert une double vraisemblance, quand on sait que, devant l'Assemblée, vous avez lu d'autres imputations que vous avez fait disparaître avant l'impression du rapport. Vous devriez au moins avoir le courage de vos mauvaises intentions.

A votre *notoriété* de contrebande, je pourrais opposer tous les témoignages respectables de la contrée. Je me bornerai à en produire un seul que n'ont pu me refuser, pour rendre hommage à la vérité, des hommes dont vous vous êtes efforcés de provoquer aussi les délations contre moi. Voici ce témoignage :

« Nous, soussignés, E. Espérou, Lagrèze et Séjal, maîtres de forges et locataires de celle de Pontens,

« Certifions et déclarons, en réponse à la demande en déclaration qui nous a été adressée, ce jour, par MM. F. de Challemaison et Compagnie, à l'occasion d'une acquisition récente,

« Que nous avons acheté, en décembre dernier, de M. Théodore Dalis, propriétaire à Parentis-en-Born, et que ce dernier avait lui-même précédemment acheté de M. le comte de Marcellus, tous les arbres composant une forêt de pins, sise à Biscarosse, dans le voisinage du canal de la Compagnie des Landes ;

« Que cette acquisition s'élèvera, environ, à la somme de 40,000 fr.;

« Que la forêt se compose d'environ 18,000 arbres, dont les prix sont fixés comme il suit :

« 1° Tous les arbres qui, mesurés à deux mètres de hauteur, présenteront 1^m,06 de circonférence, sous écorce, et au-dessus, seront payés 3 fr. 25, l'un ;

« 2° Tous les arbres qui, mesurés à deux mètres de hauteur, présenteront 0^m,80 de circonférence, sous écorce, et au-dessus, seront payés 2 fr., l'un ;

« 3° Tous les arbres qui ne présenteront pas ces dimensions nous seront acquis sans aucune rétribution.

« Nous observons que si le prix et le nombre de ces arbres ne sont pas définitivement fixés, c'est que le récolement n'en est pas complètement terminé. Le prix ne variera pas de 1,000 fr. en plus ou en moins.

« A Pontens, le 24 avril 1856. « Signé : E. Espérou, R. Lagrèze et Séjal. »

Il faut remarquer que ces bois sont arrivés à MM. Espérou de seconde main, par celui qui les avait achetés à M. de Marcellus, et qu'ils empruntent à leur situation, au bord du canal, une valeur de 20 % au-dessus du prix des bois de la Compagnie des Landes. A Castéja surtout, le prix des transports dépasse de beaucoup celui du bois. Tel arbre qui sera très-bien payé à 5 fr., coûtera jusqu'à 10 fr. de charroi. M. Ollivier en sait quelque chose.

Si j'avais vendu à M. Delage aux conditions du marché de MM. Espérou, j'aurais traité plus avantageusement que le propriétaire, M, de Marcellus, puisque le bénéfice du revendeur nous eût été acquis. Eh bien! savez-vous ce que vos 52,600 arbres auraient produit? Nous aurions obtenu moins de 120,000 fr., car la moyenne de nos arbres, à deux mètres, ne peut dépasser $0^m,80$.

C'est ici, Messieurs, que je fais un appel à vos sentiments d'équité pour ob tenir qu'un homme compétent, comme paraît l'être M. Demaudy, ou tout autre, offrant de complètes garanties, soit désigné pour venir immédiatement procéder à l'inventaire estimatif des 52,000 pins. En s'entourant de tous les renseignements nécessaires pendant les deux mois que devra durer son opération, cet expert, je puis vous l'affirmer d'avance, viendra vous dire que les 52,000 pins, à 3 fr. 85, étaient merveilleusement bien vendus, et que si M. Delage consent encore à les payer au même prix, vous ne devez pas hésiter à les lui maintenir, attendu que, même en les cédant à 3 fr., vous feriez un très-bon marché.

Avec son témoignage et celui des hommes notables du pays, tels que MM. Espérou, etc., vous arriverez, Messieurs, à comprendre la valeur de cette intervention d'un Anglais, M. Welton, auquel M. Delage aurait cédé son marché au prix de 300,000 fr., en se réservant les débris.

Il faut que vous sachiez que ni M. Delage, ni M. Welton, n'ont jamais vu les 52,000 pins. Leur seule excursion dans vos forêts leur a montré notre scierie à Escource. Je m'y trouvais, dirigeant les travaux, et ils y furent conduits pour me rencontrer. Nous partîmes de la scierie tous ensemble pour Bordeaux. Ceci se passait au commencement de janvier. Ils ne sont jamais revenus.

M. Delage a traité avec moi comme m'avait fait M. Hébert, en ayant sous les yeux l'inventaire estimatif de 1854, lequel était revêtu de la signature des experts, de celle du garde général, et de celles des maires des diverses communes où sont situées nos forêts.

Je n'ai pas vu le traité de M. Delage avec M. Welton; j'ai seulement entendu affirmer à ce dernier qu'on lui avait garanti 300,000 traverses. Je comprends, dès lors, qu'il ait consenti à payer 300,000 fr.; mais je certifie qu'il n'eût pas obtenu le cinquième du nombre de traverses qui lui était garanti.

Quant aux débris, l'évaluation de 1 fr. 50 qui leur a été donnée à Paris, est une véritable mystification qu'on a fait subir à vos Délégués, ou que vos Délégués veulent, Messieurs, vous faire subir. Les débris Ollivier, qui ont infiniment plus de valeur, se sont vendus, à Pontens, après de grandes difficultés, 70 centimes. Or, les débris des 52,000 arbres, débités par moi en planches, au lieu de valoir 1 fr. 50, n'auraient certainement pas trouvé acquéreur à 15 cent. Voilà ce que tous les hommes compétents du pays vous attesteront. Fiez-vous donc, Messieurs, aux appréciations de vos Délégués et à leur notoriété!

2° M. de Challemaison garantit le nombre de mètres cubes de bois ouvré que devront produire ces arbres. Qui nous assure qu'il ne s'est pas aussi grossièrement trompé dans ses calculs que dans la fourniture Ollivier qui, de 14,000, est portée en ce moment à 20,000, sans qu'on soit certain que le surplus suffira?

Hélas ! ce n'est pas ma faute si vos Délégués ont assisté aux opérations de la Lande, comme la statue du Commandeur assiste au festin de Pierre.

Cependant, ils devaient parfaitement savoir que moi, le Gérant provisoire, le Gérant incapable, je me suis livré, en 1855, à des travaux d'exploitation non moins intéressants pour la Compagnie que l'inventaire estimatif des 80,000 pins, que je fis faire en 1854. M. Richard, au mois de juillet, assista, avec la population et les autorités d'Escource, à la bénédiction solennelle de la machine à vapeur installée dans nos forêts. C'est là qu'en débitant plusieurs milliers d'arbres, je suis parvenu à me rendre compte de ce qu'on peut obtenir par les procédés mécaniques dans le sciage de la planche.

Cette opération, pour quiconque possède quelques notions sur la matière, est toute différente de la fourniture Ollivier, laquelle se pratique avec des scieurs de long, et sur de vieux arbres dont les tèdes, c'est-à-dire trois mètres, à partir de la base, sont impropres au débit, et dont le corps est très-fréquemment gâté en tout ou partie. Sans ces mécomptes, et en faisant le calcul des tèdes et des madriers perdus dans les débris, on aurait pu trouver dans les 14,000 pins, le nombre de mètres cubes voulu pour la fourniture.

Les 52,000 arbres de M. Delage n'offrent aucune perte de ce genre; tout peut s'y débiter, du bas jusqu'à la cime, ce qui rend les débris sans valeur, mais donne une quantité de planches très-considérable, que les scies mécaniques peuvent produire là où les scieurs de long ne trouveraient pas à gagner leur pain.

En me chargeant du débit des 52,000 arbres, je rendais le traité possible, et je pouvais, sans le moindre risque, garantir 28,200 mètres cubes. En outre, le prix que j'avais obtenu pour l'exploitation assurait à la Compagnie un bénéfice de plus de 20,000 francs, y compris les 9,000 fr. que m'a coûté la machine. Et tout cela, en me renfermant dans les instructions qui m'avaient été données par l'Assemblée du 23 mai 1854.

Que reste-t-il à répondre à MM. les Délégués ?

3° M. de Challemaison se charge de toute la main-d'œuvre; et Dieu sait l'économie qu'il apporte dans les travaux qu'il fait exécuter et les frais qu'il fera dans l'établissement de ses scieries !

Il est au moins étrange que des hommes qui ne comprennent absolument rien à toutes ces questions, se permettent d'infirmer, PAR AVANCE, des actes qu'ils sont incapables d'apprécier. Ce que je viens de dire quelques lignes plus haut, répond surabondamment à cette supposition gratuite. J'ajouterai seulement que les calculs faits sur le rendement des 52,600 arbres, se sont élevés à 35,102 mètres cubes, au lieu de 28,200 que j'ai garantis. Mettez-moi en présence d'un homme compétent, et s'il conteste l'exactitude de mes calculs, alors, mais alors seulement, vous serez en droit de les attaquer.

4° Comment ! pour payer une somme de 35,000 fr., due aux héritiers Mornay,

M. de Challemaison vend 52,600 arbres, devant produire plus de 200,000 fr.! Où était la nécessité d'un marché de cette importance pour obtenir un tel résultat ?

Au lieu de vous livrer aux charmes des points d'exclamation et d'interrogation, ne vaudrait-il pas mieux, ô Délégués!! acquérir les renseignements dont vous avez si grand besoin pour traiter, en connaissance de cause, des intérêts de la Compagnie qui a mis sa confiance en vos lumières ?

Relisez le procès-verbal de l'assemblée du 23 mai 1854, où vous assistiez, vous, M. Richard, dans mon seul intérêt: vous y verrez que, dès cette époque, j'étais tenu de vendre ou d'exploiter les 80,000 pins depuis longtemps mis à mort, et que j'en avais pris l'engagement en face des actionnaires.

Or, un créancier se rencontre qui vient me dire : « Mon argent ou la saisie! » Je détermine ce créancier à me prendre des arbres pour un prix de plus de 200,000 fr., prix dans lequel, d'après ma conviction intime qu'aucune de vos allégations n'a pu affaiblir, je trouve les 38,000 fr. de la créance, en pur bénéfice pour la Compagnie, et ce traité, qui était pour moi un titre à la reconnaissance des actionnaires, vous l'appelez MONSTRUEUX parce que vous n'avez pas su ou pas voulu le comprendre!!!

5° Enfin, que diront les autres créanciers sacrifiés ainsi à un seul ? et de quel droit M. de Challemaison abandonne-t-il les intérêts de tous les autres ?

Je tronque ce paragraphe pour y répondre en deux fois; il en vaut la peine.

MM. les Délégués persistent trop obstinément à ignorer tout ce qu'ils devraient savoir. Comment ne s'éclairent-ils pas auprès de l'agent comptable qui s'est fait leur complice dans les sentiments qu'ils me témoignent? Il leur apprendra que, depuis dix ans, les créanciers de la Société ont été constamment sacrifiés les uns aux autres; que l'on a payé exactement les intérêts de ceux-ci, pendant que les intérêts de ceux-là s'accumulaient durant trois, cinq et jusqu'à dix années; que Mᵐᵉ de Montmorency recevait de gros à-compte, quand des créanciers, beaucoup plus nécessiteux, ne recevaient rien du tout.

Il pourrait leur dire aussi que Mᵐᵉ Igouf a été exceptionnellement remboursée, en 1853, de 10,000 fr. sur 50,000 fr., et que si elle épargna ses poursuites à la Compagnie pour les 40,000 fr. restant dus, c'est parce que leur remboursement lui fut garanti, pour 1856, par M. le duc de Doudeauville qui voulait ainsi s'acquérir, dans le Conseil, l'autorité nécessaire pour lever les difficultés que pouvait rencontrer l'acceptation de ma gérance, présentée par lui.

Il est un autre fait que moi seul, Messieurs, je puis vous dénoncer. En ce moment, cette même Mᵐᵉ Igouf est en voie de pratiquer sur vos propriétés une saisie-immobilière à l'instar de Mᵐᵉ de Montmorency. Pourquoi ces poursuites? La saisie de cette dernière dame ne serait-elle pas suffisante? Dans ce cas, on comprend que M. Dupont, toujours si ingénieux dans ses procédés envers la Compagnie, ait éprouvé le besoin de lancer sur elle cette nouvelle plaie: car, du moment où il se produit quelque chose de menaçant pour la Société, tenez pour certain que M. Dupont y a mis la main.

La garantie de M. le duc de Doudeauville, exigée en 1853 comme ayant plus de valeur que celle de la Compagnie, doit, à bien plus forte raison, être préférée aujourd'hui par Mme Igouf. Cette dame a dû tout naturellement réclamer l'effet de cette garantie, et l'homme d'affaires de M. le duc, que la créance ait été ou non remboursée, aura voulu se donner la satisfaction d'ajouter un embarras de plus à ceux que déjà, Messieurs, il vous a fait subir. Les frais s'accumulent ainsi dans des proportions effrayantes. A qui profitent-ils? aux hommes d'affaires, comme les cadavres profitent aux oiseaux de proie.

Qu'on juge, d'après ces divers précédents, d'après les lettres de MM. Dupont et Coltat, d'après les menaces des héritiers de Mornay, si je devais hésiter à faire avec M. Delage un traité qui amortissait, à votre profit, une créance de 38,000 fr. avec les bénéfices de ce même traité.

Aussi, qu'est-il arrivé? ajoutent MM. Richard et Desportes. *Il est arrivé que Mme de Montmorency a immédiatement formé opposition à cette exploitation.*

Dans ces conjonctures, notre honorable Président ne balança pas, et, prenant notre avis sur l'acceptation de la démission remise entre ses mains l'année dernière par M. de Challemaison, avis qui fut unanime, il écrivit à ce dernier que cette démission était acceptée.

C'est chose bien étrange que, pour renverser un Gérant coupable de tant d'iniquités, et d'une incapacité si notoire, on soit forcé de recourir aux moyens qui répugnent toujours à des cœurs honnêtes. On vous déclare, Messieurs, dans un rapport qui a été lu en pleine Assemblée, que c'est le traité Delage qui a immédiatement amené la saisie immobilière de Mme de Montmorency. Eh bien! on ne vous dit pas toute la vérité; on vous dissimule les faits qui se sont passés dans le sein du Conseil de surveillance, et que je vous ai révélés dans la première partie de mon rapport. Pour que vous n'en puissiez douter, je vais mettre sous vos yeux un extrait du procès-verbal de la séance de ce Conseil, en date du 19 mai. Voici ce qu'on y lit:

« M. Guichard demande la parole pour une interpellation.

« Il rappelle à M. Dupont, qu'à l'époque où l'on annonça que le Gérant dilapidait les forêts de la Société, un membre du Conseil émit l'avis, qu'il convenait de *faire agir* un créancier hypothécaire, qui, usant de son titre, s'opposerait à la coupe des bois de haute futaie, et saisirait même immobilièrement, s'il était nécessaire, les forêts de la Société, et, les mettant ainsi sous la main de justice, les rendrait inattaquables.

« Que M. Dupont avait consenti à prendre ces mesures au nom de Mme de Montmorency, et que le Conseil l'en avait REMERCIÉ.

« Que, sans se préoccuper du moyen d'arrêter immédiatement les coupes, Mme de Montmorency avait fait un commandement tendant à saisie immobilière, qu'elle avait saisi et semblait maintenant prendre TRÈS AU SÉRIEUX cette procédure, et fort disposée à la suivre jusqu'à la LIQUIDATION.

« Que le moment était venu de demander à M. Dupont s'il agissait pour compte du Conseil, bien que sous le nom de Mme de Montmorency, ou s'il ne se préoccupait que du payement de la créancière qui lui avait confié ses intérêts. »

« MM. Desportes et Pidoux insistent sur la question de M. Guichard.

« M. Dupont répond :

« Que la procédure dirigée contre le Gérant et les plaidoiries faites pour obtenir la nomination d'un administrateur provisoire ont laissé beaucoup à désirer ; que, si on lui eût laissé le soin de diriger cette affaire, il aurait obtenu succès depuis longtemps. Il termine en lisant la note suivante :

« Depuis huit jours, Messieurs, l'avoué de Mme de Montmorency m'a proposé de faire nommer, sur-le-champ, ce qu'on appelle un séquestre. Le cas est urgent, et si je n'avais craint encore une fois de voir MES INTENTIONS MÉCONNUES, je n'aurais pas hésité un instant. Vous savez maintenant que j'ignorais complétement la demande d'un administrateur provisoire.

« Le tribunal arbitral ne sera pas constitué de quelque temps, et cette mesure que je propose me paraît aussi urgente qu'indispensable.

« Vous remarquerez d'ailleurs, Messieurs, que c'est au nom de Mme de Montmorency que j'agis ; mais en sauvegardant ses intérêts je sauve aussi la Société. »

« M. Desportes répond qu'il ne met pas en doute l'habileté supérieure de légiste dont se vante M. Dupont ; mais que cependant il lui est arrivé même chose, à Pontens, que ce qui est advenu aux commissaires du conseil, à Paris. Ici comme là, on a demandé en référé la nomination d'un administrateur, et on a échoué.

« Que, pour obtenir succès, les commissaires et l'agent de la Compagnie, qui leur a été adjoint, avaient fait tout ce que requéraient les circonstances ; ils avaient confié les intérêts sociaux au meilleur avoué de Paris, et à un très-habile avocat. Tous documents ont été produits, toutes SOLLICITATIONS nécessaires ont été faites ; s'ils ont succombé malgré la BIENVEILLANCE ÉVIDENTE du président, c'est qu'ils ne pouvaient réussir.

« Maintenant, M. Dupont vient, au nom de Mme de Montmorency, demander à Pontens la nomination d'un séquestre, c'est précisément ce qu'ont fait à Paris les commissaires ; après l'échec en référé, ils ont demandé au tribunal de pourvoir à l'administration qu'ils regardaient comme vacante. Les juges se sont déclarés incompétents et ont renvoyé devant les arbitres.» (Il y a ici erreur. Le jugement statue, au fond, sur la demande d'un administrateur judiciaire.)

Cette saisie immobilière provoquée par le Conseil, ne pouvait avoir que des effets désastreux. Quand les 100,000 francs du traité Ollivier ont été frappés d'opposition par Mme de Montmorency entre les mains de la Compagnie du Midi, une partie se trouvait encaissée ; elle avait donné lieu à une première répartition entre les créanciers et une seconde devait la suivre. Mais ces fonds se sont détournés de leur destination pour faire face aux frais occasionnés par les poursuites dirigées contre moi, et par la lutte entamée contre Mme de Montmorency elle-même. Nous aurons à examiner quelque jour par qui ces dépenses ont été autorisées, et sur qui doit en retomber la responsabilité. Le gérant seul représente la Société. Mes droits contestés, ont été reconnus par les interprètes de la loi. Il n'appartient donc qu'à moi de décider et de sanctionner l'emploi des fonds sociaux. Les Actionnaires qui en font usage aujourd'hui contre le représentant de la Société, pour favoriser leurs projets ou satisfaire leurs ressentiments, auront à en rendre compte devant qui de droit. Nul ne peut avoir en ce moment la prétention de me représenter à Paris pour les affaires de la Compagnie, pas même celui qui tient de moi ses fonctions, et qui paraît l'avoir si complétement oublié.

Article 3.—*Sacrifice de 6,000 arbres de conserve pour compléter le marché Ollivier.*

D'après mes agents, il y avait, dans les 80,000 pins mis à mort, les arbres nécessaires à la fourniture que j'avais garantie, et qui comprenait 195,000 mètres courants de longuerines 22/27 et 13/30. Les pins pouvant fournir des longuerines 22/27 se trouvèrent épuisés dès le mois de septembre, et il eût fallu dès lors recourir aux arbres de conserve, si M. Ollivier n'était parvenu à faire consentir la Compagnie du Midi à ne plus exiger que des longuerines 13/30, qui sont de moindre dimension. Ce fut très-heureux pour nous.

Au commencement de janvier, la même situation se reproduisit pour les longuerines 13/30. Les 80,000 pins ne pouvaient plus en fournir. M. Ollivier, comme c'était son droit, me demanda de faire marquer des pins de conserve. J'y répugnais à cause du mauvais effet que cela devait produire à Paris, où l'on me rendait tout naturellement responsable de l'ineptie de mes agents. Pendant qu'on vérifiait si, parmi les 80,000 pins, on ne pouvait plus trouver de longuerines, les lettres de M. Ollivier devenaient pressantes et menaçantes.

Durant mon absence de Pontens, j'appris que, depuis quinze jours, près de cent scieurs de long de M. Ollivier, restés sans ouvrage, retournaient dans leur pays ou se laissaient embaucher pour d'autres chantiers. Je compris alors que je ne devais pas m'exposer plus longtemps aux conséquences d'un pareil préjudice occasionné par mon fait, et je transmis l'ordre au garde général de livrer des pins de conserve.

M. Benazet n'exécuta pas cet ordre. Il en résulta ce que je redoutais : M. Ollivier me mit en demeure, puis m'assigna. De retour à Pontens, je fis ce qui dépendait de moi pour éviter un procès dont l'issue ne pouvait être douteuse. M. Ollivier me réclamait 15,000 fr. de dommages-intérêts, et il pouvait justifier le préjudice causé par le retard apporté au marquage. Je parvins néanmoins à un arrangement amiable.

Si MM. les Délégués, à ma place, eussent refusé des pins de conserve, un jugement les aurait condamnés à livrer les arbres *nécessaires à la fourniture*, et à payer, non plus 15,000, mais peut-être 50,000 fr. de dommages-intérêts, vu que la Compagnie du Midi eût elle-même éprouvé un préjudice notable par les retards apportés à la livraison de ses bois.

Quand MM. Desportes et Richard déversent le blâme sur un de mes actes, on peut en conclure que j'ai évité une faute qu'ils auraient commise.

ARTICLE 2. — *Marché onéreux de l'atelier résineux.*

MM. les Délégués disent dans leur rapport, en parlant du Gérant : *On lui avait effectivement conseillé de louer l'atelier résineux. Cette question fut longuement débattue entre lui et celui de vos Délégués alors à Pontens.*

Ce Délégué étant M. Desportes, c'est donc tout naturellement lui qui tient ici la plume, et vous devez vous attendre, Messieurs, à être parfaitement éclairés sur *cette question qu'il a longuement débattue.*

Mais, hélas ! vous êtes condamnés à marcher de déceptions en déceptions. Là encore, on va s'efforcer d'obscurcir la question au lieu de l'éclaircir.

On vous dit qu'il *me fut représenté que le moment était loin d'être opportun pour cette location; que, d'après moi-même, l'année étant très-mauvaise pour les résines, je ne trouverais pas le prix avantageux qu'on pouvait espérer dans une bonne année. Malgré cela j'ai engagé la Société dans les conditions les plus défavorables !*

Et, résumant son blâme en deux points, M. Desportes ajoute : *Ces points, nous allons vous les signaler.*

1° *Inopportunité de la location dans une mauvaise année.*

Coulons d'abord à fond ce premier point.

Puisque vous avez longtemps débattu cette question. M. Desportes, il conviendrait de faire connaître aux actionnaires ce que vous en savez. Votre rapport devrait leur apprendre qu'on distingue :

1° La résine molle, ou gemme, découlant du pin ;

2° La résine jaune, produit de la résine molle, convertie en térébenthine après l'extraction de l'essence.

Au mois de novembre, quand je signalais l'année comme mauvaise, je voulais dire qu'elle avait été peu productive ; la récolte de la gemme, comme il arrivait depuis quatre ans, et comme il est arrivé surtout cette année, ayant été contrariée par des pluies diluviennes et par des chaleurs tropicales.

Mais je n'ai pu vous dire que les prix n'étaient pas élevés, puisque, en 1855, la résine jaune se trouvait en hausse.

Quant à l'essence, quoique son prix eût baissé depuis 1853, où il atteignit le chiffre de 130 fr., on considérait, dans la Lande, que la moyenne de ce prix ne descendrait plus au-dessous de 100 fr. les 100 kilos.

Donc, en fait de prix, l'année était bonne bien plutôt que mauvaise, et c'est là que vous avez fait confusion.

Certes, le 20 janvier, quand je signais le bail, après quatre mauvaises récoltes, il était permis d'en espérer une très-bonne. Sur ce point, je me suis trompé avec tous les propriétaires de Pignadas, moi qui n'ai pas leur expérience.

Dans tous les cas, que la récolte eût été bonne ou mauvaise en 1855, cela ne faisait absolument rien pour la location de 1856, et voilà ce que M. Desportes aurait facilement compris s'il n'avait pas été dominé par son désir de découvrir un motif de blâme dans la chimérique INOPPORTUNITÉ qu'il a imaginée sans pouvoir s'en rendre compte à lui-même.

M. Desportes tombe dans une confusion plus grande encore. Faute d'avoir saisi les explications que je lui donnais avec toute la bonne volonté possible, il s'est persuadé et il affirme, que, selon que l'année eût été bonne ou mauvaise, je pouvais faire un bail, à prix fixe, de 4,000 ou de 8,000 fr.

Que ne puis-je voir là un paradoxe, cela me dispenserait de dire à M. Desportes que j'y vois tout simplement une de ces grosses naïvetés, comme en disait M. de La Palisse. Quoi! parce qu'une année aura été bonne ou parce qu'elle aura été mauvaise, il se rencontrera, entre un bailleur et un preneur, un homme assez primitif pour subir, pendant dix ans, les conséquences d'un bail de 4,000 ou de 8,000 fr., comme si les dix années devaient être toutes bonnes ou toutes mauvaises! Si c'est par la délégation qu'on arrive à des raisonnements de cette force, je demande au ciel de n'être jamais Délégué, afin de conserver quelques notions de logique.

Je serais cependant très-désireux de réussir à faire comprendre à M. Desportes que le produit d'une location d'atelier résineux doit dépendre exclusivement du nombre de barriques de résine que le bailleur livre au fermier, à moins qu'on ne préfère se jeter dans des supputations hasardeuses, en s'exposant à se tromper ou à être trompé.

La location ne pouvant se baser que sur un chiffre supplémentaire ajouté au prix du cours de la résine, j'avais raison de dire à M. Desportes que, dans une bonne année, c'est-à-dire une récolte fort abondante, le bail devrait produire un chiffre très-élevé, et même double de celui d'une mauvaise année. Ce chiffre pourrait également s'élever par le seul fait d'une grande quantité d'arbres mis à mort, ou d'un grand nombre de pins nouveaux mis sur l'œuvre.

Si la Compagnie livre 2,000 barriques, à 2 fr. 75 c., sa location lui produit 5,500 fr. Si elle n'en récolte que 1,000, sa location ne lui produira que 2,750 fr.

De cette façon, la Compagnie et le fermier se trouvent, l'un et l'autre, à l'abri de toute mauvaise chance, tout restant subordonné au résultat des récoltes, lesquelles sont dans la main de Dieu.

Si M. Desportes a compris cette fois, j'en serai tout glorieux.

Dès le mois de décembre, quatre propositions de location m'étaient faites.

Le sieur Joseph Friot, de Pontens, offrait de louer au prix de 4,000 fr. par an, à la condition que la Compagnie déterminerait les propriétaires qui l'avoisinent à donner la préférence à son atelier pour la vente de leurs résines.

Le sieur Mano, de Liposthey, associé avec son beau-frère, le sieur Dupouy, de Pontens, offrait un loyer annuel de 2 fr. par barrique.

Le sieur Lagofe...s, aîné, fabricant de matières résineuses à Escource, offrait

2 fr. 50 c. par barrique, prix que je lui fis élever, plus tard, à 2 fr. 75 c.

En dernier lieu, M. Delest, père, fabricant de résine à Pontens, sous la condition de porter la barrique de résine à 335 litres au lieu de 312, qui est la contenance usuelle, offrait 4,000 fr. de location pour une fourniture de 1,500 barriques, fermage qui devait proportionnellement se réduire, si la fourniture de résine n'atteignait pas le chiffre de 1,500 barriques.

Les deux premières propositions étaient inadmissibles.

M. Delest, en exigeant une contenance abusive de 335 lit. par barrique, au lieu de 312, portait à 1,610 au lieu de 1,500, le nombre de barriques ordinaires qu'on devait lui livrer pour recevoir son fermage de 4,000 fr., ce qui réduisait ce fermage à 2 fr. 48 c. par barrique, au lieu de 2 fr. 75 que j'obtenais de M. Lagofens.

Il n'y avait donc pas à hésiter entre ces quatre propositions, et je dus accepter celle de M. Lagofens, comme la seule véritablement nette et avantageuse.

J'arrive maintenant au second point de M. Desportes.

2° *Détriment pour la Compagnie de la location actuelle, qui eû' pu être plus utilement faite, voici comment :*

Comme dans le pays on savait l'intention de M. de Challemaison de louer l'atelier résineux, plusieurs offres lui furent faites, et entr'autres celle-ci: des résiniers de Dax, parents du médecin de la Compagnie, firent faire par celui-ci des offres à M. de Challemaison. Celui-ci, se prétendant très-pressé, leur donna rendez-vous à Pontens, pour le surlendemain; on les prévint à la hâte et ils furent exacts au rendez-vous : i's offrirent le prix de 3 fr. 50 c. par barrique, et prétendent même qu'ils seraient allés plus haut encore. Eh bien! malgré l'inconvenance du procédé d'avoir ainsi dérangé inutilement les personnes qu'il avait demandées, M. de Challemaison leur répondit qu'il était trop tard, qu'il avait traité avec une autre personne. Vous croyez sans doute, Messieurs, que c'était au même prix? Point du tout: au lieu de 3 fr. 50 c., c'était à 2 fr. 75 c. que le marché était passé.

Le fond de cette narration étant véritable, je vais, à mon tour, exposer les faits, sans chercher à les dénaturer, avec la précision d'un homme qui, au lieu de parler d'après des témoignages incertains, a tout vu, tout entendu, et ne craint pas qu'on puisse démentir une seule de ses expressions.

M. Bergeron, médecin de la forge dont la clientèle lui échappait, vint me trouver, le samedi, 12 janvier, à huit heures du matin, et me dit:

« Vous compenseriez la position que je vais perdre, si vous consentiez à louer votre atelier résineux à un mien parent de Dax, lequel vous en donnerait, sans doute, un bon prix.

— Votre ouverture est infiniment tardive, lui répondis-je: depuis un mois je négocie cette location dont les conditions sont à peu près arrêtées. Il y a rendez-vous pris pour demain, à l'effet d'en terminer. Sans être irrévocablement engagé, je suis, du moins, dans la nécessité de me décider immédiatement; déjà même j'ai promis la préférence, à prix égal. Dans l'intérêt de la Compagnie comme dans le vôtre, voici tout ce que je puis faire. Vous avez le temps, avant ce soir, d'inviter votre parent à arriver ici, demain, ce qui est facile. De mon côté, je vais ajourner mon rendez-vous à lundi. »

Après avoir donné à M. Bergeron les indications nécessaires, et lui avoir offert domestique et cheval, pour aller chercher son parent à la gare, je l'engageai à ne pas perdre une minute pour envoyer un exprès ou une dépêche télégraphique. Malheureusement, il se contenta d'écrire.

La journée du dimanche s'écoula sans nouvelle du parent. Le lundi, dans l'espoir de le voir arriver, je parvins à prolonger les discussions préliminaires jusqu'au lendemain. Mais enfin, le mardi, il fallut en finir, et, vers le soir seulement, nous arrêtâmes les conventions du bail et échangeâmes nos paroles.

Le mercredi, 2 heures après-midi, pendant que nous écrivions les clauses arrêtées la veille, M. Bergeron arriva suivi de deux personnes.

« Je regrette, dis-je au parent qui me fut présenté sans être nommé, que vous vous soyez déplacé si tardivement. J'avais fait connaître ma position à M. Bergeron dans les termes les plus précis. Je comptais sur vous le dimanche, et je vous ai attendu encore tout le lundi. Hier, seulement, j'ai terminé avec Monsieur que voici, et nous achevons de libeller le bail réciproquement consenti. »

Le parent s'excusa en m'apprenant qu'il n'avait reçu la lettre de M. Bergeron que le dimanche soir, et que, n'ayant pas ajouté foi d'abord à ce que lui mandait son cousin, il avait consulté un ami avec lequel il s'était décidé à venir. Il ajouta qu'il m'aurait offert 3 fr., peut-être même 3 fr. 25 c.

Ma parole se trouvant engagée au nom de la Compagnie, il eût été honteux pour elle comme pour moi que j'y manquasse.

Du reste, j'ai acquis la conviction que ces messieurs, arrivés dès le matin chez M. Bergeron, où ils avaient longuement dîné, s'étaient rendus près de moi sans aucune idée sérieuse d'affaire. Ils ne comptaient même pas s'arrêter, car la voiture qu'ils avaient louée le matin à Labouheyre, les attendait à ma porte pour les reconduire à la gare. Nous nous séparâmes sans que je pusse surprendre, de leur part, le moindre regret de n'avoir pas traité. M. Bergeron seul en paraissait affecté. L'ami du cousin semblait n'avoir déterminé cette excursion que pour flairer, dans le pays, une affaire de bois.

Je porte le défi à M. Desportes, comme à tout autre, de contester sincèrement un seul mot de ce que je viens d'énoncer.

M. Desportes ne s'est pas borné à dénaturer les faits, il a poussé l'oubli de toute réserve jusqu'à produire cette imputation odieuse que j'ai loué l'atelier résineux à M. Lagofens pour lui imposer l'obligation de s'associer M. Manchon, qui, *arrivé à Pontens, dénué de tout, pour prendre un emploi de 1,500 fr., s'est engagé à mettre, en argent comptant, dans la Société, une somme de 20,000 fr.!*

M. Manchon a pu dédaigner les méchants propos de M. Desportes, parce qu'il n'est pas, comme moi, dans l'obligation de les prendre au sérieux, ce qui est parfois très-difficile. Forcé de répondre à ce Délégué, je lui dirai :

M. Lagofens est un homme honorable qui me reconnaît des sentiments tout

4

opj osés à ceux que vous affectez de me prêter. Il savait bien que s'il m'eût parlé de son projet d'association avec M. Manchon, sa location pouvait devenir impossible; aussi ne me fit-il connaître ses intentions, à cet égard, qu'après la terminaison du bail. Voici ce qui s'était passé entre ces messieurs :

Dès le milieu de 1855, M. Manchon m'avait déclaré qu'il ne voulait plus rester à Pontens où il était miné par les fièvres du pays. Il me demanda avec plus d'insistance de pourvoir à son remplacement, quand il eut compris que les prétentions de M. Desportes à se connaître en comptabilité, allaient jeter nos écritures dans de nouvelles complications et multiplier le travail. En décembre, il renouvela sa démission en présence de ce Délégué, qui affecte, dans son rapport, de n'y voir qu'un semblant. Le fait est qu'en janvier M. Manchon attendait son successeur, qui ne put arriver qu'en mars.

Pour se créer une position hors de Pontens, M. Manchon s'était déterminé à faire la commission sur les résines. Quand M. Lagofens loua l'atelier, il lui fallait un commissionnaire. M. Manchon se proposa et fut accepté, à la condition que, pour les foires de juin et de septembre, à Labouheyre, il avancerait une vingtaine de mille francs. Il prit cet engagement après s'être assuré les fonds à Bordeaux, où cette opération se fait très-facilement avec les maisons qui reçoivent des résines.

Quelques mois plus tard, M. Lagofens ayant adopté une autre combinaison, détermina M. Manchon à rompre l'association, et lui paya une juste indemnité dont le chiffre n'est que moitié de celui qu'on prétend avoir été indiqué à Mont-de-Marsan par M. Manchon, lequel a intérêt à grossir ce chiffre pour se donner du crédit dans une opération de moulin à laquelle il s'est associé.

Tels sont les faits. Ainsi, Messieurs, quand M. Desportes vous affirme que je PRÉTENDIS être très-pressé; que les messieurs de Dax furent EXACTS au rendez-vous; qu'ils offrirent 3 fr. 50, et qu'ils seraient allés plus loin ; que j'imposai au locataire l'obligation de s'associer M. Manchon, et que celui-ci mit, en ARGENT COMPTANT, 20,000 fr. dans la Société, s'il ne prend pas ces imputations calomnieuses dans son imagination, il les emprunte à des témoignages indignes de toute confiance.

En respectant la parole que j'avais donnée à M. Lagofens, j'ai rempli le devoir d'un galant homme. En lui promettant la préférence à prix égal, je rendais hommage à sa bonne renommée, à sa parfaite solvabilité, et aussi à ses bons procédés envers la Compagnie. Quand j'arrivai dans les Landes, mon prédécesseur l'avait laissé créancier d'une somme de 8,000 fr.

J'ai fait introduire dans son bail une clause, toute de loyauté, et que nul autre que lui n'eût consenti à admettre. Elle est relative à une question de pesage qui se débat devant la chambre de commerce de Bordeaux, et qui, par ses conséquences, ajoutera notablement aux avantages stipulés.

Telle est, Messieurs, cette location qu'on s'est efforcé de vous présenter sous les couleurs les plus défavorables. Elle sera un des actes qui feront honneur, sous tous les rapports, à mon administration, car vos intérêts y ont été représentés, j'ose le dire, avec autant d'intelligence que de dévouement.

ARTICLE 1er. — *Absence de tout compte pouvant justifier des sommes reçues et des dépenses faites.*

Cinquante pages ne suffiraient pas pour tracer l'historique des diverses péripéties par lesquelles la comptabilité de la Compagnie des Landes a passé. Mais, pour mettre des limites à ce rapport, je dois me réduire à vous faire connaître, Messieurs, en quel état cette comptabilité m'a été livrée, et ce qu'elle est devenue dans mes mains, du jour où je me suis affranchi de l'intervention désastreuse de M. Desportes.

Pour vous faire apprécier la situation des écritures sociales quand je pris la Gérance, il suffira de reproduire ici les appréciations de MM. de Doudeauville, Dupont et Desportes.

Mais je dois d'abord vous faire remarquer que cette comptabilité, qui se complique d'une foule de livres auxiliaires, de 1,053 comptes, et de près de mille livrets qu'il faut constamment viser, vérifier ou régler, roule sur un seul homme, ayant à tenir la caisse et les écritures, et à recevoir journellement les résiniers, les charbonniers, les goudronniers, etc., et aussi les ouvriers basques. Il a pour auxiliaires un ou deux jeunes garçons du pays, dont les appointements ne dépassent guère 300 ou 400 fr., et qui sont particulièrement destinés à traduire au caissier le patois des Landais. Ceux-ci comprennent assez généralement le français, mais le parlent rarement; quant aux Basques, ils ne le parlent ni ne le comprennent. Cette énorme perte de temps s'accroît encore lorsqu'il faut suppléer à la viduité de la caisse en congédiant les réclamants avec de bonnes paroles. On peut juger par-là dans quelles conditions s'élaborait la comptabilité.

Le 12 novembre 1853, M. le duc de Doudeauville m'écrivait, sur le témoignage de M. Dupont : *L'homme chargé de la comptabilité est bien plus coupable que nous ne le pensions, et c'est dans un motif criminel que l'on embrouillait ainsi,* DEPUIS DES ANNÉES, *la comptabilité, afin que personne n'y pût rien comprendre.*

Dans leur rapport du 19 mai 1855, les Délégués s'exprimaient ainsi :

Le nouveau Gérant a trouvé un tel désordre, DONT NOUS NOUS SOMMES RENDUS PERSONNELLEMENT COMPTE, *dans la comptabilité antérieure, qu'il faudra un* TRAVAIL CONSIDÉRABLE *pour venir à bout de* RÉGULARISER *les écritures.*

Ce travail considérable, M. Desportes voulait qu'on l'opérât sous sa direction. A cet effet, il devait revenir dans les Landes au bout de deux mois, puis au mois d'août, époque où *un malheur de famille, suivi d'une grave et longue indisposition,* fit ajourner son retour à la fin de novembre. Cependant, on continuait les écritures courantes, mais on suspendait l'ouverture des nouveaux livres, M. Desportes ayant écrit plusieurs fois : *Ne les commencez pas sans moi.*

Il est facile de voir que j'étais constamment entravé dans mes travaux, ou tiraillé en des sens contraires.

Ainsi, en 1853, M. Dupont, visiteur officieux de vos domaines, où il venait flairer une proie et organiser la délation contre le Gérant, m'adressait, en sa qualité d'agent comptable, un modèle de comptabilité, en partie simple, qui *ne devait ressembler à rien de tout ce qui s'était fait jusque-là.*

M. Coltat insistait, en 1854, pour que je supprimasse divers comptes.

M. Desportes demandait que nos écritures fussent tenues en partie double, ne sachant pas reconnaître qu'elles se tenaient ainsi depuis la fondation, et il exigeait qu'au lieu de réduire les comptes on en multipliât le nombre.

Au mois de février 1855, M. de Saint-Priest, devenu membre de la Commission de comptabilité, m'écrivait au nom de cette commission pour m'inviter à adopter le *Journal-Grand-Livre*. Je lis dans sa lettre :

« Du moment où, avec la copie du Journal, on n'a pas fait établir ici un Grand-Livre, l'envoi de vos feuilles mensuelles est sans utilité et sans valeur pour la Commission de comptabilité qui ne peut entreprendre le travail énorme de décomposer tous vos articles. En adoptant le JOURNAL-GRAND-LIVRE, vous présenterez en regard de la page du Journal ordinaire, une autre page où se trouveront reproduits et la Caisse et les comptes principaux dans lesquels tous les autres comptes sont résumés. De cette façon, au bas de chaque page du Grand-Livre, vous aurez constamment la situation exacte de la Société. C'est l'unique moyen pour les Actionnaires de connaître toujours cette situation. »

J'adoptai sans hésiter ce mode de comptabilité, le plus logique et le plus lucide de tous ceux qui m'avaient été proposés. Je commandai un Journal-Grand-Livre, après avoir arrêté à Paris, avec M. de Saint-Priest, l'énoncé des comptes qui devaient y figurer. Malheureusement, ce registre n'arriva à Pontens qu'après le départ des Délégués, et M. Desportes avait demandé qu'on ne fît usage d'aucun nouveau registre avant son retour.

Lorsque enfin, le 29 novembre, ce Délégué reparut dans la Lande, il repoussa aussitôt, et sans examen, le Journal-Grand-Livre, sans doute parce qu'il avait été indiqué par M. de Saint-Priest, qui avait cessé d'être son collègue.

C'est surtout dans cette occasion que M. Desportes a donné la mesure du degré d'attention, de lumière et d'impartialité qu'il apporte dans ses appréciations. Ce *Journal-Grand-Livre*, il le qualifie dans son rapport de *Livres-Journaux*, et il n'hésite pas à signaler *M. de Saint-Priest comme en étant l'*INVENTEUR.

Ainsi, voilà un Délégué qui s'est fait attribuer par ses collègues la comptabilité comme rentrant dans sa spécialité, et qui ne sait pas distinguer, en fait d'écritures, la partie double de la partie simple, qui, en outre, prend pour une invention faite à plaisir, le Journal-Grand-Livre dont la plupart des maisons de commerce font usage, et qu'indiquent depuis longtemps tous les traités de comptabilité.

D'après ces faits, vous pouvez juger, Messieurs, du lumineux concours qui me fut apporté par M. Desportes, à la fin de novembre dernier.

Le 7 décembre, il nous annonçait, de Bordeaux, des livres nouveaux qu'il avait choisis chez notre fournisseur. Ce choix était si mauvais que le comptable fut obligé de les reporter pour en prendre d'autres.

Vous avez vu qu'en mai 1855, M. Desportes *se rend personnellement compte du* désordre affreux dans lequel j'avais trouvé la comptabilité antérieure, tenue jusqu'à la fin de 1854 par un employé qui *l'embrouillait depuis des années,* comme l'affirment MM. de Doudeauville et Dupont. Or, pour m'aider à sortir de cette cruelle position, que fait votre Délégué? Il entrave et retarde nos écritures pendant sept mois, après quoi il les fait *recommencer* au moment de l'année où elles auraient dû se terminer.

Je le demande, la loyauté peut-elle permettre à ceux qui ont créé une pareille situation, de s'en faire une arme contre le Gérant pour l'accuser de NÉGLIGENCE CALCULÉE, et pour vous affirmer qu'il y a dans sa comptabilité ABSENCE DE TOUT COMPTE POUVANT JUSTIFIER DES SOMMES REÇUES ET DES DÉPENSES FAITES?

J'ai hâte, Messieurs, de calmer les inquiétudes que ces imputations ont dû vous inspirer, et de vous dire que, malgré les conséquences de l'intervention de M. Desportes dans ma comptabilité, je suis parvenu à l'établir en meilleur état qu'elle ne l'a jamais été depuis la fondation de la Société.

Dès longtemps la balance générale au 31 décembre, avec le Journal complet de 1855, se trouvent aux mains de votre agent comptable, lequel a dû recevoir successivement le Journal de 1856 jusqu'au mois de septembre. Il le possédera jusqu'au 31 octobre, avant la fin du présent mois.

Ainsi, sur la comptabilité comme sur les autres points de son administration, votre Gérant a fait des efforts et obtenu des résultats qui, s'ils ne déterminent pas vos suffrages et vos félicitations, devraient, au moins, le mettre à l'abri de tout reproche.

Vos Délégués vous ont dit que le budget présenté dans mon rapport de mars 1855, avait été composé, à Paris, pour les besoins de l'Assemblée générale.

Ce budget ne pouvait, en effet, être arrêté qu'à Paris, attendu que le traité des bois pour la fourniture du chemin de fer ne devint définitif que par ma garantie donnée, à la fin de février, sur le cahier des charges, au siége de la Compagnie du Midi.

Quant aux prévisions de ce budget, elles ne se sont pas réalisées parce que la récolte de résine a été détestable comme rendement, parce que des réparations énormes nous ont incombé sur une foule de points, et, surtout, parce que la saisie pratiquée sous l'instigation du Conseil de surveillance, a immobilisé les 52,000 pins faisant partie des 80,000 que l'Assemblée de mai 1854 avait voulu que je vendisse ou que j'exploitasse sans retard, et qui étaient la principale ressource du budget 1855-1856.

Que si vous conserviez, Messieurs, le moindre doute sur la parfaite exactitude de ma comptabilité, il vous serait facile de le dissiper en la soumettant à l'examen de M. Aubert, un des hommes les plus compétents de Paris, que déjà vous avez chargé de vérifier les écritures de 1854.

Au mois d'août 1855, M. le Président du Conseil, informé que M. Desportes ne pouvait venir contrôler la comptabilité, envoya à sa place un sieur Henri, lequel, arrivé inopinément à Pontenx, me justifia de sa mission en produisant une lettre adressée par M. le duc de Doudeauville à l'Agent-comptable, avec INJONCTION d'expédier un homme spécial pour inspecter mes écritures. Dès que je sus que M. Henri était un teneur de livres, et qu'il venait par ordre du Président du Conseil de surveillance, toutes les portes et tous les registres lui furent ouverts. Après un examen de huit jours il partit, paraissant très-satisfait de l'ordre et de l'exactitude de nos écritures courantes, journal, caisse etc. Le rapport qu'il a fait à sa rentrée à Paris ne m'a jamais été communiqué, et les délégués n'en font mention nulle part. Mais, devant *l'arbitre rapporteur*, il a fallu reconnaître que ce *teneur de livres expert* avait rendu un excellent témoignage de ma comptabilité. Et c'est après une opinion toute favorable d'un homme vraiment spécial, que M. Desportes vient, lui, ignare, m'accuser de NÉGLIGENCE CALCULÉE, et affirmer qu'il y a dans ma comptabilité ABSENCE DE TOUT COMPTE POUVANT JUSTIFIER DES SOMMES REÇUES ET DES DÉPENSES FAITES ! En vérité, il doit vous paraître difficile, Messieurs, qu'on puisse pousser plus loin la mauvaise foi ou la déraison.

RÉPONSE A LA SIMPLE NOTE.

A la date du 28 septembre, il a été publié une SIMPLE NOTE, signée par deux commissaires, M. Desportes et M. Pidoux, ce dernier suppléant, sans doute, M. Richard absent. Dans ce factum, ces deux messieurs plaident contre moi devant l'arbitre-rapporteur et justifient pleinement le proverbe : *Menteur comme un plaidoyer.*

Il suffira de citer quelques passages pour établir le degré de confiance que mérite cette *note*, d'ailleurs fort innocente par son argumentation.

PAGE 2 : *La nomination de M. de Challemaison* (comme Gérant) *ne passa pas sans protestations; beaucoup de membres de la Société réclamèrent, dès qu'ils la connurent, et les réclamations se renouvelèrent en 1854.*

Vous savez comme moi, Messieurs, l'inexactitude de ces allégations. La Commission d'enquête dont M. Desportes faisait partie, leur donne un démenti à la page 13 de son rapport du 27 mars 1855.

PAGE 5 : *Il y eut une différence de plus du triple entre le bail Hébert et le bail Espérou.*

Le prix est exactement le même. La Compagnie a profité de la location de la cantine, de l'auberge et des tuileries ; mais, malgré les illusions qu'avait pu se faire M. Desportes, ces diverses locations n'atteignent pas 6,000 fr., et se réduiront inévitablement de moitié, car le tour de force que j'ai fait en louant 4.000 fr. la cantine, qui nous était onéreuse, ne se reproduira plus. Les avantages accordés à M. Hébert étaient d'ailleurs largement compensés par les 80,000 fr. qu'il dépensait dans l'usine, à notre profit, et par le prix de son bail qui arrivait progressivement à 8,000 fr.

PAGE 7 : *Les délégués firent un nouveau voyage à Pontens, et ils apprirent que le Gérant avait abandonné ses fonctions depuis deux mois, au moins.*

Mon absence n'a duré, en tout, qu'un seul mois, ce qui est établi par mes actes de gérance. M. Desportes, dans son rapport du 14 avril, déclare que j'étais *absent depuis trois semaines,* ce qui était vrai, et, le 28 septembre, il affirme que j'avais ABANDONNÉ *mes fonctions depuis* DEUX MOIS, AU MOINS. M. Desportes, cette fois encore, se met en flagrante contradiction avec lui-même

Comment avais-je abandonné mes fonctions, puisque je les exerçais à Mézières, dans le procès Karr, et à Angoulême, dans le traité Delage? Est-ce trop d'un mois pour traiter deux questions de cette importance, et faire 500 lieues avec la fièvre?

PAGE 7 : *Que, sans en donner aucun avis, M. de Challemaison avait loué une auberge et la cantine établie par la Compagnie pour nourrir les ouvriers employés dans ses domaines.*

Quelles incroyables confusions! L'auberge est louée depuis DEUX ANS. La cantine l'a été l'an dernier, à la parfaite connaissance et presque sous les yeux des Délégués. Cette cantine, malgré sa dénomination, ne nourrit aucun ouvrier; elle fournit tout simplement les objets nécessaires aux divers usages du pays. Mais vous ignorez donc absolument tout, Commissaires que vous êtes?

PAGE 13 : *N'y avait-il pas quelque association secrète du Gérant avec les acheteurs?*

Et sur quoi pouvez-vous fonder cette supposition calomnieuse?

PAGE 13 : *Nous avons découvert que le traitant principal, d'abord sous le nom de M. Hébert, ensuite sous le nom de M. Ollivier, c'était M. de Saint-Priest, l'alter ego, l'ami, le parent, le défenseur unique et obstiné de M. de Challemaison.*

Cette découverte, que M. Desportes reproduit de son rapport du 14 avril, lui a valu, de M. de Saint-Priest, une réponse imprimée où il a été cruellement flagellé. En reproduisant une allégation déjà démentie, et qui ne me concerne pas, M. Desportes s'est sans doute proposé d'atténuer l'autorité que donne à M. de Saint-Priest un caractère honorable et un dévouement intelligent aux véritables intérêts de la Compagnie. Il voudrait pouvoir lui faire expier ce tort grave de se montrer mon *défenseur unique et obstiné* contre les calomnies que me prodiguent les Délégués, en se faisant les plagiaires de M. Dupont, qu'ils flétrissaient, l'an dernier, pour avoir agi à mon égard exactement comme ils agissent eux-mêmes cette année.

Je sais comment les choses se sont passées dans l'affaire des bois, et je puis opposer la vérité aux suppositions gratuites de MM. les Commissaires.

Quand M. Hébert traita pour la fourniture, M. Joseph Javal lui offrit 50,000 fr., mais en exigeant une garantie. M. de Saint-Priest consentit à donner la sienne sur le témoignage que je lui rendis de M. Hébert, dont je croyais la position très-bonne. Bientôt cette position fut telle, que M. de Saint-Priest, qui avait cru assurer à la Compagnie 100,000 fr., sans courir personnellement aucun risque, se vit exposé à payer, comme garant, les 50,000 fr., si l'opération des bois ne se continuait pas, et il fallait, pour la continuer, de nouveaux fonds.

Ce fut alors que M. Ollivier, qui avait acquis une position d'associé dans la grande entreprise scientifique dirigée par M. de Saint-Priest, et qui pouvait encore disposer de 10,000 fr., offrit de remplacer M. Hébert, sur l'engagement que prendrait M. de Saint-Priest de procurer le complément de fonds qui serait néces-saire pour que l'opération pût arriver à son terme.

Sur la demande du Conseil de surveillance, M. de Saint-Priest cautionna, en même temps, M. Ollivier vis-à-vis de la Compagnie pour le payement des 100,000 fr. Son intervention vous a assuré ce capital, et vous a préservé, Mes-sieurs, du danger auquel M. Desportes et le président du Conseil voulaient imprudemment vous exposer en faisant entreprendre, aux risques de la Société, la fourniture du chemin de fer. Cette fourniture vous eût coûté le même nombre d'arbres; mais il n'est plus douteux aujourd'hui qu'au lieu d'en retirer 100,000 fr., il ne vous fût resté, tout compte fait, qu'une partie plus ou moins faible de ce capital.

Dès le mois de novembre 1855, un homme spécial, dont l'activité et l'intelli-gence sont peu communes, est venu prendre, dans les Landes, comme associé de M. Ollivier, la direction de l'opération des bois. Eh bien! malgré tous ses efforts, il n'a pu parvenir à rendre avantageuse cette affaire que l'on préten-dait, à Paris, devoir produire d'énormes bénéfices. Cependant, nos 100,000 fr. nous ont été intégralement payés par M. Ollivier depuis plusieurs mois, et c'est seulement aujourd'hui que nous venons de lui compléter la quantité de bois nécessaire à cette fourniture, qui doit être entièrement terminée et liquidée le 30 du présent mois.

En juin de l'année dernière, M. de Saint-Priest, blessé d'un procédé de M. le duc de Doudeauville, qui semblait mettre en doute son dévouement aux intérêts de la Compagnie, au moment où il venait d'en donner un éclatant témoignage, lui adressa sa démission de Délégué et de membre du Conseil de surveillance, dans des termes probablement trop vifs, puisque l'honorable président lui répondit : *Vous ne respectez ni l'âge, ni les souvenirs les plus sacrés.* (M. le duc lui rappelait ainsi qu'il avait été son supérieur dans le département des Beaux-Arts de la maison du roi Charles X.)

Telles ont été les phases de cette affaire des 100,000 fr., qui, grâce à M. de Saint-Priest, a eu pour la Compagnie la meilleure issue possible, malgré tout ce que diront et M. Desportes et M. Dupont, lesquels ne peuvent s'entendre sur le vrai, mais se mettent volontiers d'accord sur le faux.

PAGE 13 : *On a loué trop bon marché l'atelier résineux, sous condition que le locataire prendrait pour associé le sieur Manchon.*

J'ai déjà démontré la fausseté et l'indignité de cette affirmation gratuite.

PAGE 16 : *M. de Challemaison, qui s'est avoué coupable du détournement des va-leurs de la Société, ne sera jamais appelé à la liquider.*

Lorsqu'on a recours à des arguments d'une mauvaise foi si évidente, on constate soi-même qu'on défend une cause désespérée. C'est ce que démontrera la décision des juges consulaires, comme les décisions des diverses juridictions qu'on s'est plu à parcourir l'ont déjà pleinement démontré.

RÉSUMÉ.

Forcé de réduire ce long rapport, j'ai dû laisser sans réponse diverses incriminations dirigées contre mon administration. Avec moins de valeur elles ont même fondement que toutes celles dont j'ai fait justice.

A entendre vos Délégués, j'ai épuisé, Messieurs, la série des actes d'iniquité et d'incapacité. Mais, pendant qu'ils appellent impitoyablement votre réprobation sur le Gérant, MM. Desportes et Richard se signalent eux-mêmes, avec complaisance, à votre gratitude et à votre admiration. J'ai fait tout le mal, ils ont accompli tout le bien. Les sages mesures, les bons résultats, ils se les attribuent, sans hésitation, et ils semblent disposés à avouer, avec modestie, qu'ils ont sauvé le Capitole.

Voici comment s'expriment vos Délégués à la page 29 de leur rapport :

« Nous avons la conviction d'avoir fait tout ce qui dépendait de nous pour
« justifier votre choix, et, si nous n'avons pas obtenu tous les résultats
« que nous espérions, nous pouvons cependant dire que depuis un an le bail
« Hébert a été DÉTRUIT, et remplacé par un autre très-avantageux ; que la can-
« tine et l'auberge ont été louées séparément ; que la question d'agriculture a
« été étudiée et élucidée à fond ; que celle des titres a été aussi menée à bonne
« fin ; que 1,250 hectares de landes ont été ensemencées ; que des éclaircies, si
« nécessaires, ont été faites, et qu'enfin, si nous n'avons pas obtenu d'autre
« résultat, c'est que malheureusement on n'a pas voulu nous écouter. »

En vérité ! Messieurs Richard et Desportes, c'est vous-mêmes qui avez fait tout cela? Vous avez loué l'auberge dont le bail remonte à 1854? Vous avez fait les éclaircies? Vous avez ensemencé 1,250 hectares de landes, lorsqu'il n'en restait que 900 en 1855, vu que, sur 1,500, j'en avais précédemment ensemencé 600 ? Vous avez DÉTRUIT le bail de M. Hébert, dont la demande en résiliation arrivait en même temps que vous à Pontens? vous affirmez, en outre, que les semis, dans vingt ans, devront produire 50 fr. par hectare.

Soyez donc glorifiés, pour tant de services désintéressés rendus à la chose commune, ô Délégués incomparables ! Ce n'est pas moi qui troublerai les joies de votre grande âme, comme l'insulteur qui poursuivait, à Rome, le char du triomphateur.

Mais, puisque vous reconnaissez que vous avez détruit un bail, fait des éclaircies, fait des semis, fait des locations, et qu'en outre vous avez défait la comptabilité, que répondrez-vous, M. Richard, devant le tribunal où vous êtes accusé, avec MM. Dupont et de Doudeauville, de vous être immiscé dans la Gérance? Que répondrez-vous, M. Desportes, lorsqu'à votre tour vous serez mis en cause? On ne peut pas, tout à la fois, s'ériger un piédestal en pleine Assemblée d'actionnaires pour avoir mieux géré que le Gérant, et décliner en même temps la responsabilité encourue en qualité de commanditaire.

Votre réponse est prête : Vous avez agi par dévouement, et vous vous réfugiez dans votre zèle. Voyons alors, Messieurs les Délégués, ce qu'a produit ce zèle intelligent qui vous dévore? Pour soustraire la Société aux dilapidations du Gérant, votre zèle a su découvrir un sauveur qui s'est révélé à vous sous les traits de M. Dupont. Aujourd'hui, votre zèle tient sans doute en réserve les moyens de sauver la Compagnie de son sauveur. L'heure est venue de les faire connaître ; ne tardez plus ; mes applaudissements vous attendent.

Quant à moi, je vous le déclare en toute sincérité, dans la situation que vous leur avez si ingénieusement faite, je ne vois en perspective que ruine infaillible pour les actionnaires, et perte assurée pour les créanciers. Vous ne sauriez, ni l'un ni l'autre, envisager d'un œil plus clairvoyant, ni avec un cœur plus dévoué et plus désolé, l'agonie sociale qui commence.

En présence d'un désastre imminent, la lutte cesse, les paroles irritantes s'apaisent. C'est un moment solennel où chacun doit se recueillir et accepter dans sa conscience la part de blâme qu'il a encourue.

Je m'accuse tout le premier de présomption et d'impuissance, pour m'être chargé d'un fardeau de beaucoup au-dessus de mes forces, et pour n'avoir pas su reconnaître plutôt que j'entreprenais la cure d'un mal incurable.

Si nombreuses qu'aient pu être mes fautes, je crois cependant pouvoir affirmer, Messieurs, qu'elles sont loin d'avoir empiré la situation qui m'a été léguée. J'ai trouvé une dette inextinguible, et toutes choses en ruine, forge, moulins et métairies, un canal onéreux, des forêts ni éclaircies ni aménagées, une cantine réputée usuraire et odieuse, tout crédit anéanti, et une comptabilité inextricable.

Si la dette n'a pu se réduire, du moins ne s'est-elle pas accrue comme le prévoyait M. Talon, en 1852. Forge, moulins, métairies, tout a été plus ou moins restauré. Le canal ne pouvait cesser d'être onéreux ; mais les forêts sont éclaircies et aménagées ; la cantine, réhabilitée, est devenue productive de ruineuse qu'elle était. Le crédit a été rétabli, et la comptabilité a acquis la régularité qu'on lui demandait en vain depuis quinze ans. En outre, vous avez dans la caisse de la Compagnie du Midi une réserve de 66,000 fr., et c'est, assurément, la plus forte qui se soit produite pour vous depuis bien des années.

Mais, tout en rendant la Compagnie dans un moins pire état que je ne l'ai reçue, je ne pourrai me consoler de n'avoir pas su faire mieux pour assurer aux Actionnaires, après vingt ans écoulés sans dividende, une partie du capital qu'ils ont si honorablement confié à une entreprise recommandable par son but, et digne d'un meilleur sort.

Depuis que la lettre de M. de Doudeauville, du 1er mars, et les poursuites de Mme de Montmorency, ont rendu la dissolution aussi désirable qu'inévitable, j'ai étudié, Messieurs, toutes ces ressources pour pouvoir apprécier les résultats possibles de la liquidation. Mon examen a détruit les illusions que, tous, nous nous étions faites sur la valeur de vos propriétés. Leur état de délabrement et leur dépréciation, en 1853, a fait dire à vos Délégués, dans leur rapport de 1855 : *Les fautes accumulées et le mal accompli sont immenses.*

Vos 7,417 hectares (dont 1,500 de Landes représentaient, en 1834, 15,000 fr., et aujourd'hui 45,000 fr., d'après les dernières ventes) vous ont coûté, il y a 22 ans, 1,280,000 fr., ni plus, ni moins. En admettant, malgré certains contradicteurs de cette époque, qu'ils n'aient pas été payés au-dessus de leur valeur réelle, cette valeur devrait avoir plus que doublé, sinon triplé. Loin de là ; leur plus-value naturelle et progressive s'est à peu près neutralisée par une détérioration successive.

Sans doute un avenir magnifique, l'avenir que nous avions rêvé, peut encore être réservé à vos propriétés, mais il ne profitera qu'à celui qui sera en mesure d'y dépenser 500,000 fr. pour tout restaurer, tout vivifier, et qui pourra attendre les résultats pendant dix années. A cette époque, les routes agricoles, depuis longtemps promises, seront enfin exécutées, et une économie annuelle de 75,000 fr., AU MOINS, se trouvera acquise sur les transports des provenances de vos propriétés. Des entreprises, impossibles aujourd'hui, deviendront faciles alors.

Mais, hélas ! c'est vous montrer, Messieurs, la terre promise, à laquelle il ne vous a pas été donné d'arriver.

Depuis l'origine de la Société, il n'y a pas un seul budget qui n'ait produit un déficit, ou qui ne se soit balancé par la dépréciation du capital immobilier. Et cela ne doit pas surprendre, quand on songe que, outre les nombreuses causes de pertes provenant de son organisation administrative, la Société portait dans son sein deux éléments de ruine.

L'un, au centre de vos propriétés, c'est la forge, exploitée pour votre compte par des hommes inexpérimentés et sans fonds de roulement suffisant.

L'autre, à douze lieues du siège social, c'est le canal. Il vous a coûté près de deux millions. et, ne couvrant même pas ses frais, il vous occasionne, chaque année, une perte d'environ 100,000 fr., intérêts compris.

La Compagnie n'a jamais été organisée administrativement pour faire construire un canal, l'entretenir et l'exploiter. Il y avait, à cet égard, insuffisance de sa part plus encore que dans l'exploitation de la forge. Si la forge enlevait à vos forêts 56,000 fr. par an, comme l'ont établi les précédents Délégués, on pouvait, du moins, la laisser chômer ou l'affermer. Avec le canal, il fallait marcher quand même, sous peine de déchéance : et alors c'était une écluse à reconstruire, un bief du canal ou les passes des étangs à recreuser, comme cela nous arrive en 1856. Vous avez pu lire, Messieurs, à la page 28 du rapport de vos Délégués, cette phrase trop significative : *Reste à savoir comment nous pourrons exécuter nos travaux, qu'on évalue à 100,000 fr. pour l'écluse seulement.*

Dans l'exercice de 1855, lorsque nous n'avions pas, comme cette année, des travaux énormes à accomplir, les dépenses du canal ont été de 37,316 fr. 78 c., et les recettes de 21,766 fr. 45 c., ce qui réalise une perte de 15,550 fr. 33 c.

Supposez qu'on eût fait, en 1834, ce que j'ai fait en 1855, qu'on eût affermé la forge et qu'on n'eût jamais songé à construire le canal : dès lors la Compagnie n'aurait émis que la moitié de son capital, et elle serait parvenue à payer régulièrement les intérêts; elle se trouverait sans dette, et son actif s'élèverait aujourd'hui à trois millions, même à quatre, si elle eût confié ses destinées à un homme vraiment capable. C'est ainsi que son capital pouvait se doubler.

Si vos propriétés ont de belles chances dans l'avenir, votre canal n'a pu en avoir qu'une, et dans le passé seulement. En dépensant, pour l'établir, 1,661,239 fr., et, de plus, 279,234 fr. à la Hume, pour y disposer les choses comme si tout le commerce des Indes allait y aboutir, on a gaspillé plus de 300,000 fr. Ce capital eût suffi pour terminer les écluses de flot, établir des remorqueurs, construire, à l'instar d'une forge des environs de Dax, deux chemins en bois, qui auraient amené aux ports du Lannot et de Parentis les transports des usines de Pontens et d'Ichoux, ainsi que ceux d'un certain nombre de communes. Le canal eût alors produit plus de 160,000 fr., ou 8 p. 100 du capital employé, capital qui se fût amorti avant que le chemin de fer ne vînt réduire les recettes de plus de moitié.

Aujourd'hui, la seule raison d'être du canal, c'est de fournir de l'eau à la Compagnie des Rizières. D'après mes prédécesseurs médiats, cette prise d'eau a été par eux concédée, *gratis*, aux Directeurs de la Compagnie d'Arcachon, lesquels l'auraient apportée à leurs actionnaires, non pas GRATIS, mais pour un million. Je m'en lave les mains.

Après tant d'émotions causées par la saisie immobilière et les innombrables oppositions dont elle a été suivie, une nouvelle émotion est venue me chercher à la Hume. Pendant que je traçais les lignes qui précèdent, on opérait la saisie de tout le matériel du canal, au nom d'un créancier récemment inscrit, et qui, il y a six mois, m'avait assigné en déclaration de faillite. Je lui conserve dans mon cœur une sincère reconnaissance pour m'avoir épargné cette dernière angoisse, à laquelle, Messieurs, je suis exposé pour vous depuis qu'en avril votre Président a publié dans les journaux que j'avais cessé d'être Gérant.

Si triste que soit votre position, vous conviendrez, sans doute, Messieurs, qu'il y a une position plus triste encore : c'est la mienne. Elle est navrante.

Pour vous, la perte d'un capital est à peu près inévitable, c'est un dénouement que la plupart d'entre vous ont pressenti dès longtemps, et auquel ils se sont d'avance résignés.

Pour moi, outre les imputations odieuses dirigées contre mon bien le plus précieux, ma réputation d'honnête homme, je me trouve sous le coup des obligations sociales qui ne pourront être acquittées. Ces obligations resteront légalement à ma charge, et, à la charge aussi de mes prédécesseurs, car une faillite doit remonter à l'époque où la suspension de payements sera constatée pendant la gérance de MM. Levavasseur et de Lannoy.

Le 12 d'août, le fondateur de la Compagnie, M. Boyer Fonfrède, initié à toutes les ressources de la procédure, se présenta, chargé de mes pouvoirs, devant le tribunal de Mont-de-Marsan, pour prêter aux créanciers e au Conseil de surveillance un concours sans lequel ils ne pouvaient rien contre Mme de Montmorency. M. Fonfrède a su faire ajourner l'expropria tion, qui, sans mon intervention, serait aujourd'hui un fait accompli.

J'ai agi ainsi, Messieurs, pour que vous eussiez le temps de réfléchir et de vous éclairer sur votre véritable situation. Vous pourrez facilement vous convaincre que si Mme de Montmorency fait vendre vos propriétés aux enchères, en 125 lots, il n'y a aucune chance pour la Société d'arriver à rembourser les sommes dues aux créanciers hypothécaires inscrits avant 1856.

Après ces créanciers il restera encore un passif d'environ 300,000 francs, car, en ajoutant aux anciennes dettes, la créance de M. Levavasseur, celles qui seront la conséquence de l'état complet de désorganisation où se trouve depuis six mois la Compagnie, les 15,000 fr. payés d'avance par M. Delage, les 20,000 fr. dont le fermier de la forge peut avoir à réclamer le remboursement en 1858, etc., etc., le total de votre passif doit atteindre le chiffre de 1,400,000 francs.

Or, vous pouvez en croire celui qui a fait une étude approfondie des valeurs mobilières et immobilières de la Compagnie, qui sait quel parti on peut en tirer, qui connaît les dispositions et les ressources des propriétaires voisins, lorsqu'il vous affirme que les 125 lots de M. Dupont ne produiront jamais de quoi solder les anciens créanciers, et laisseront, par conséquent, sous la responsabilité des derniers Gérants, une partie de votre dette, qui suffirait pour consommer leur ruine et compromettre leur liberté, si MM. de Doudeauville, Dupont, Richard, Desportes et les membres du Conseil, n'étaient pas rendus solidaires de la gérance.

Le lotissement adopté par M. Dupont ne saurait avoir d'autre but que d'écarter les grands capitalistes et les associations particulières, de qui seuls on pourra obtenir un prix assez élevé pour couvrir toutes les dettes, en laissant encore un dividende à répartir aux Actionnaires.

Il ne faut pas un grand effort d'intelligence pour comprendre que, l'état où se trouvent généralement vos propriétés ne permettant d'en tirer des revenus qu'à la suite de dépenses considérables, et après une longue attente, les gens du pays ne se rendront adjudicataires qu'autant qu'ils pourront les acquérir à vil prix. Dans une localité où l'argent est abondant et où les vendeurs sont rares, on parvient aisément à tirer un prix élevé d'une grande terre, en la morcelant. Mais quand c'est l'argent et les acheteurs qui sont rares, si, d'un seul coup, on met en vente des immeubles pour une valeur dépassant de beaucoup les besoins du pays, on fait une déplorable opération.

Je n'ai sur le lotissement que des renseignements très-incertains, mais je dois le croire ingénieusement combiné pour atteindre un but, et on peut présumer que les choses se passeront dans l'une des deux conditions que voici :

Ou le total du lotissement restera au-dessous d'un million, et alors des acquéreurs viendront couvrir la mise à prix, bien certains de n'avoir pas d'enchérisseurs, car, en présence de cette masse de lots, satisfaisant à tous les appétits, les Landais, qui sont trois fois Normands, s'arrangeront facilement pour ne pas se faire concurrence les uns aux autres. Il en résultera que tel propriétaire qui, à l'amiable, aurait payé 12,000 fr. un lot, à cause de la convenance, l'obtiendra pour 6,000, et que l'ensemble des lots ne dépassera pas un million ;

Ou bien, le total des mises à prix s'élèvera à un chiffre de 1,200,000 fr., voire même de 1,400,000 fr., auquel cas les acquéreurs ne se présenteront pas, sauf quelques individus déterminés par une position de voisinage, et, dès lors, vos propriétés resteront de droit acquises à Mme de Montmorency, créancière poursuivante, tenue par la loi de répondre de la mise à prix.

On serait certain d'obtenir un résultat bien différent, si on s'adressait aux grands capitaux. MM. Javal, Pereire, Bonnard, et la maison Scillière peuvent, chacun en particulier, payer un prix beaucoup plus élevé que celui qu'il est permis d'espérer du lotissement. A Paris et à Bordeaux, des associations se formeront, sans aucun doute, pour offrir un prix convenable. En comprenant dans la vente le canal, qui, bien qu'il soit pour vous d'une valeur négative, peut donner du relief à l'opération, on aura certainement des offres de 1,500,000 f., et l'on pourra obtenir 1,800,000 f., peut-être même 2,000,000.

Les frais d'acte, etc., élèveront à plus de 800,000 fr. le capital que devra dépenser le nouveau propriétaire, en outre du prix d'acquisition, pour opérer la restauration des domaines, assurer promptement des revenus, et mettre le canal à l'abri d'une déchéance par l'établissement des deux écluses de flot, et en recreusant, en même temps, le huitième bief et les passes de Navarosse.

Mais pour comprendre le canal dans la vente de vos propriétés, il faudrait que cette vente pût s'opérer dans un très-bref délai pour prévenir une déchéance devenue imminente.

Il y a trois mois, quand les oppositions de Mme de Montmorency m'eurent enlevé les moyens de poursuivre les travaux du canal, j'invoquai les besoins du commerce et je rétablis la navigation. Aujourd'hui, tous nos bateaux sont saisis, et le Préfet vient de rendre un arrêté qui ordonne la reprise des travaux pour lesquels nous sommes sans ressources. Rien ne saurait vous soustraire à une déchéance dans les mois qui vont suivre. Toutes les dépenses accomplies jusqu'ici l'auront donc été en pure perte.

Du reste, l'expropriation de Mme de Montmorency suffisait pour déterminer cette déchéance. Vous ne pourriez continuer l'exploitation du canal qu'en lui consacrant, tout d'abord, un capital que vous n'avez pas, et pour n'obtenir que des revenus plus que douteux.

Mon œuvre est enfin arrivée à son terme.

De toutes les imputations odieuses dirigées contre moi, pas une seule n'est restée debout, et, je puis le dire, plus d'un reproche d'ignorance et de mauvaise foi ont été justement renvoyés par moi à ceux qui me les avaient adressés.

Ici, je pourrais m'arrêter.

Mais qu'il me soit permis, Messieurs, en terminant, de faire un dernier appel à vos sentiments de justice et à votre loyauté, en demandant à ceux qui ont bien voulu me lire avec attention, si, aujourd'hui que l'affaire des Landes leur est complètement connue, ils pensent encore que c'est moi qui suis l'ennemi de la Société, que c'est moi qui l'ai compromise et qui ai préparé sa ruine ;

s'il n'est pas juste de me tenir compte de tant de bonne volonté et de tant d'efforts; s'il n'est pas vrai qu'un succès, si laborieusement recherché, eût été, dans tous les cas, rendu impossible par des actes que j'attribuerai, si l'on veut, à l'exécution de devoirs rigoureux contraires aux intérêts de la Société ?

En ce moment, il doit convenir à tous de jeter un voile sur le passé. Nous pouvons encore, en apportant, même à la dernière heure, un esprit de concorde et de conciliation, sauvegarder tous les droits respectables ; nous pouvons assurer aux créanciers de la Compagnie des Landes, le remboursement des fonds qu'ils lui ont confiés; nous pouvons, par une liquidation sage et intelligente, laisser aux actionnaires l'espoir de retrouver une partie quelconque des capitaux qui étaient réellement perdus pour eux quand je pris possession de la Gérance ; nous pouvons, enfin, éviter à une association d'hommes honorables, l'opprobre de la déconfiture et de la faillite.

Mais il faut se hâter ; il faut que nul ne cherche à faire prévaloir des intérêts égoïstes, et que chacun comprenne que dans une grande affaire, où les noms les plus honorables de France se trouvent engagés depuis un quart de siècle, la question d'argent ne doit pas étouffer la question de moralité.

F. de CHALLEMAISON & Cie.

P. S. Ce rapport était terminé et les exemplaires allaient se distribuer, quand j'ai dû modifier la dernière feuille pour y introduire ce *post-scriptum*, où vous trouverez, Messieurs, un témoignage décisif sur l'effet désastreux de la publicité donnée et à la délibération de l'Assemblée du 16 avril, et aux calomnies dirigées contre moi par vos Commissaires.

Les 28 octobre et 4 novembre, le tribunal de commerce de Bordeaux avait à prononcer sur une action par moi intentée à M. Brauta, Gérant de la Compagnie d'Arcachon, à l'effet d'en obtenir payement de sa part de frais dans les travaux déjà exécutés pour recreuser le huitième bief du canal, travaux entrepris, sur ses réclamations, pour alimenter la prise d'eau de sa Compagnie.

Ne pouvant contester ma légitime demande, M. Brauta a prétendu que j'étais sans qualité pour invoquer l'exécution de son engagement, attendu que je ne suis plus Gérant de la Compagnie des Landes, qui aurait cessé d'être administrée. A l'appui de cette prétention, il a lu, en pleine audience:

1° L'insertion faite dans plusieurs journaux par M. le duc de Doudeauville pour annoncer que j'avais cessé d'être Gérant, ce qui a donné lieu, de ma part, à une instance suivie en ce moment contre M. le duc et les journaux.

2° La SIMPLE NOTE de MM. Desportes et Pidoux, destinée, en apparence, à l'arbitre-rapporteur du tribunal de commerce de Paris, mais qui a été répandue dans les Landes pour achever de désorganiser mon administration.

Ainsi, Messieurs, tous les efforts que j'ai faits pour éviter, à vous comme à moi, la honte d'une faillite, vont sans doute échouer devant les moyens mis en œuvre par vos représentants pour me priver de mes dernières ressources.

En conséquence, j'ai dû déposer au parquet du Procureur impérial de Bordeaux, une plainte en diffamation contre MM. Desportes et Pidoux, pour avoir fait imprimer et mis en circulation une *note* portant atteinte à ma considération personnelle, et à mon crédit comme Gérant de la Compagnie des Landes.

Au moment où le fait que je signale se produisait à Bordeaux, on m'informait de Paris que l'Arbitre-rapporteur, M. Delahode, cédant, sans doute, aux SOLLICITATIONS employées, sans succès, auprès de M. de Belleyme, ainsi que M. Desportes l'a déclaré en plein Conseil, s'était déterminé à déposer son rapport sans vouloir attendre ni la note que devait lui donner mon agréé pour établir l'incompétence du tribunal de commerce, ni mon propre rapport qui pouvait seul l'éclairer sur les imputations dont on m'a rendu l'objet.

Une pareille façon de procéder ne peut me laisser aucun doute sur les conclusions de M. Delahode; elles seront conformes aux usages traditionnels des Arbitres-rapporteurs de Paris. M. Delahode écartera très habilement Gérant et Actionnaires pour que le liquidateur soit nommé par le tribunal, dont la constante habitude est de désigner l'Arbitre-rapporteur, lequel Arbitre n'accepte jamais qu'avec la ferme intention de s'éterniser dans des fonctions qui lui produisent de gros émoluments. Cet abus vient ordinairement expirer aux pieds de la Cour impériale.

En présence des faits nouveaux que je viens de signaler, forcé de me défendre et dans les Landes, et dans la Gironde, et à Paris, contre des attaques de plus en plus déloyales, je me crois obligé d'user de tous mes moyens de protection. Je déclare donc, par avance, que je ne reconnaîtrai comme valable aucune des décisions qui seraient prises dans une assemblée à laquelle je n'ai pas été appelé, et qui semble préjuger les décisions de la justice.

Le salut commun peut être obtenu par moi, de concert avec les Actionnaires. Je serai donc prêt jusqu'au dernier moment à leur donner mon concours; mais si l'Assemblée persiste dans la voie irrégulière où elle s'est engagée, je persisterai de mon côté à défendre mon honneur, et à faire prévaloir mes droits devant toutes les juridictions. Mes intérêts, j'en ai la confiance, paraîtront toujours les plus respectables, car je consacre tous mes efforts à acquitter un passif énorme qui ne vient pas de moi, et dont je suis responsable, tandis que les Actionnaires n'ont pour but que de se ménager quelques parcelles des fonds engagés, il y a vingt-cinq ans, dans la Compagnie des Landes.

PARIS. Imprimerie de MACLOT et RENOU, rue de Rivoli, n. 144.

www.ingramcontent.com/pod-product-compliance
Lightning Source LLC
Chambersburg PA
CBHW060808180626
46818CB00002B/749